INTRODUÇÃO

Eu sou Helena, uma mulher como tantas, vestindo roupas, muitas roupas. Tenho a consciência de que fui me vestindo, ao longo da vida, sobrepondo camadas de personagens que me ajudaram a suportar a aspereza das pedras no caminho, a violência social que julga o que vê, a incapacidade de aceitar minha imagem refletida num espelho e, principalmente, o medo de estar nua e não mais ser reconhecida.

Quando eu vesti minha primeira roupa? Foi há muito tempo, quando eu era uma menina sem qualquer maldade e me entregava ao novo de peito aberto, sem qualquer medo de rejeição.

Eu não sei em que cidade estávamos, mas me lembro do caminho por onde eu andava de mãos dadas com minha mãe, até um pequeno armazém. Lá dentro haviam sacos de jutas expondo mantimentos e uma máquina sobre o balcão que moía café ao pedido do freguês. Eu gostava dos aromas do lugar, mas a rua era um convite para novas descobertas e, um descuido de minha mãe e eu corri para a porta para admirar o passar de um bonde ou sorrir para qualquer um que olhava para mim.

O homem vestindo um casaco escuro, impróprio para o calor do dia, com a barba pontiaguda e os olhos azuis, se aproximou e me deu um sorriso que eu gostei, e ele fez um carinho nos meus cabelos espessos antes de minha mãe se aproximar e, com cara de que fiz o que não devia, mandou-me entrar, o que fiz rapidinho. Minha mãe falou alguma coisa para o homem que tentou responder, mas ela deu-lhe as costas e entrou e esta foi uma das raras vezes que a vi abalada e achei que eu havia feito algo muito perigoso mesmo sem saber o quê. Mais tarde ela me falou do perigo de falar com estranhos, especialmente homens. Fez-me prometer que não falaria mais com aquele homem e, pela primeira vez, vesti-me com a roupa de menina obediente e fiz a promessa.

Esta lembrança, quando a descrevo, parece mais nítida do que é de fato. A liberdade que tenho ao preencher os vazios com as minhas cores, facilita o meu próprio entendimento. Ela ficou num dos meus esconderijos que fui organizando na minha memória ao longo da vida e que acreditava que assim me protegia. Nunca mais falei com ninguém, nem mesmo com minha mãe, sobre este dia.

Depois disso, vesti tantas roupas que nem me lembro mais dos motivos de todas. O que sei é que me tornei pesada, com pressa de chegar sem me dar tempo de admirar o caminho e sem conhecer as pequenas particulares que faz a caminhada excitante.

Vesti roupas para me esconder e as vesti para aparecer. Esconder das minhas fraquezas e parecer melhor e mais bonita do que sou.

Vesti algumas camadas de roupas especiais, aquelas que nos trazem conforto, pensando em me livrar da dor inerente à todas caminhadas.

E cheguei aqui onde não posso mais caminhar sem retirar este peso das minhas costas.

Sei que nunca mais estarei totalmente nua diante da vida, por que perdi a ingenuidade e não posso mais recuperá-la. O que quero e vou fazer, é tornar bem mais leve o que me resta para caminhar e ser feliz com o que tenho de história. Estou dando meus primeiros passos e não nego que ainda preciso de muletas.

PRIMEIRA PARTE

Por aqui a paisagem mudou. Algum ou talvez muito tempo se passou do dia em que vim conhecer a casa e dela me encantei. Antes de continuar, quero explicar minha dúvida sobre o tempo que se passou desde que aqui cheguei.

Eu era uma mulher jovem, casada com um homem também jovem, apenas um ano de diferença entre nós e tínhamos dois filhos, dois meninos que nasceram com apenas um ano e meio entre eles.

A casa nova, pintada na cor de ouro velho, as janelas grandes o suficiente para permitir a entrada de muito sol, com madeiras envernizadas, rodeada de verde por todos os lados e um enorme quintal para os meninos brincarem, nos conquistou e compramos a casa usando todas as reservas que fizemos desde que nos casamos.

Da janela do meu quarto eu via a linha do mar. Não era tão perto, mas avistá-lo sempre me acalmava. Ao abrir a porta da sala, a visão do morro à minha frente, com as muitas variações de verde, sempre me surpreendiam e eu procurava ansiosa por uma majestosa árvore que se destacava naquela imensidão, e que somente eu conseguia ver e isso me divertia e fazia com que, vez por outra, eu encontrasse meus meninos procurando-a, apertando os pequenos olhos na inútil tentativa de vê-la e logo desistindo para correr atrás do cachorro que adotamos.

Nesta época eu trabalha por meio período, no horário em que os meninos iam para uma creche. No final do dia meu marido os buscava e, quando mais tarde eu chegava em casa, eles já tinham tomado banho e me esperavam para o jantar, que eu deixava pronto.

Mais tarde, depois de repetir histórias e o sono impedindo-os de manter os olhos abertos, eu os cobria, dava um terno beijo em cada um, fazia um agradecimento mental por ver meus filhos dormindo tranquilos, e então, eu me despia da dona de casa, da profissional competente, da mãe vigilante e me deixava ser a mulher que meu marido desejava e que esperava paciente em nossa cama.

A cama era sempre nosso refúgio. O sexo, na maioria das vezes, era caprichado, sem pressa e, mesmo que ambos estivessem um tanto cansados pelo dia de trabalho, queríamos que esse encontro fosse bom e nos dedicávamos para que assim fosse.

Com o tempo, a frequência desses encontros diminuiu. Depois, o tempo de dedicação foi o que diminuiu e um dia percebi que fazíamos sexo em datas comemorativas. Foi quando percebi que o tempo passara e que meus meninos haviam crescidos e já não corriam atrás de pipas como antes.

É desse tempo que passou tão rápido que me deixa em dúvida se foi muito ou pouco. Acho que é pouco quando se vive muito e pode ser muito quando nos arrastamos por ele.

Chegará um tempo em que meu marido ficará sentado no sofá da sala, falando com o apresentador do jornal na televisão, por que ele já faz isso e não deixarei que sejamos arrastados pela vida, então, vou dar um basta na monotonia e mudar este quadro. Esta é a única opção que tenho.

SEGUNDA PARTE

Aproveito a hora que passo dentro de um ônibus que me leva até meu trabalho para cochilar. Contando com a outra hora na volta que também vou aproveitar, são, em média, duas horas por dia e serão doze na semana e quarenta e oito no mês. Consequentemente, passo cerca de vinte e quatro dias por ano dentro de um ônibus, se considerar que não há engarrafamentos, o que não é verdade.

Moro longe do trabalho e sou compensada pela vista que tenho, mas sei que com o passar do tempo, isso poderá me afetar.

Supervisiono uma garotada em seu primeiro emprego numa empresa localizada no centro da cidade. Não é um trabalho fácil fazê-los entender que o local de trabalho não é o pátio do colégio que recém saíram, mas, na maioria do tempo, é divertido conviver com eles. São seis horas de trabalho e, normalmente, o tempo passa rápido.

No final do turno, já anoiteceu e, antes de descer para pegar o ônibus, ligo a cobrar para casa para perguntar se preciso levar algo e saber se está tudo bem. É raro precisar de alguma coisa, meu marido se responsabiliza pelas compras. Hoje, preciso comprar um medicamento para Thiago, meu filho mais novo, que está com um pouco de tosse e isso fará com que eu perca o ônibus que normalmente pego e vou me atrasar para chegar em casa em quase meia hora, então, eles vão jantar sem minha presença e isto me chateia, mas não reclamo.

A farmácia é quase em frente ao prédio em que trabalho, ao lado de uma padaria sempre lotada neste horário. Antes de atravessar a rua, converso com minha colega sobre o dia e, repentinamente, ouvimos uma freada e um carro bate forte atrás de outro. Meu coração dispara com o susto e vejo que o motorista do carro da frente está com a cabeça apoiada ao volante e outra pessoa tenta sair pela porta traseira. Sem pensar, atravesso a rua e vou até o carro e abro a porta para a pessoa sair.

Um elegante homem, com barba longa bem cuidada e um turbante na cabeça desce do carro, e agradece com um gesto de cabeça e vai até a porta da frente e fala com o motorista numa língua que acredito ser árabe. O motorista, que também usa barba, lentamente abre os olhos, mas está visivelmente abatido. Penso em entrar na padaria e pedir para chamar uma ambulância e repito isso alto. Do meu lado um homem pega um celular e faz a chamada.

O homem de turbante vira-se para mim e pergunta em inglês se podemos ajudar. Falo, com meu péssimo inglês, que o moço ao lado já está chamando atendimento médico. Novamente ele faz um gesto com a cabeça e eu acho que é agradecimento.

Isso tudo aconteceu em menos de cinco minutos e a confusão na rua estava feita. O trânsito parou e eu pensei que chegaria tarde em casa, a polícia já estava entrando na rua, por que tem uma delegacia bem próxima e eu precisava ir até a farmácia antes dela fechar e teria que atravessar por uma multidão que se formou ao redor.

De novo sem pensar, fui até o homem elegante e me desculpei dizendo, ainda num péssimo inglês, que precisava ir embora e recebo dele um olhar penetrante e um sorriso. Depois, para completar minha noite, também agradeço o moço do celular, como se ele tivesse feito um favor para mim. Mais tarde, já em casa, enquanto tentava dormir, pensei nisso e comecei a rir do meu comportamento que agora parecia muito tolo. Lembrei-me do olhar do elegante homem com turbante e uma espécie de emoção assomou meu peito. Era um sentimento já conhecido, como se fosse uma saudade de algo que já tinha vivido e não me lembrava mais. Em outras ocasiões esta sensação apareceu e eu me senti melancólica como fiquei nesta noite.

No dia seguinte, no meu intervalo para um café, saí da minha rotina de tomar um café na cobertura da empresa e desci até a padaria. Queria perguntar ao caixa, que eu já conhecia, se tinha notícias do caso da noite anterior. Ele não tinha e falamos algo a respeito e me despedi. Ao me virar para sair, deparei-me com o homem do celular e parei sem saber o que fazer.

O que aconteceu nos próximos dois segundos foi algo que nunca me havia acontecido. Nos olhamos sem nada dizer. Meu coração disparou e alguma coisa como uma corrente elétrica percorreu meu corpo todo e, quando respirei, achei que estava babando.

A impressão que eu tinha era que todos haviam percebido o que me acontecera e, embora isso não fosse verdade, disfarçadamente passei a mão por minha boca para confirmar que estava tudo normal. Depois, sem nenhum sorriso, o cumprimentei e fui o mais rápido possível para o meu trabalho sentindo que ele me acompanhava com os olhos, mas não me atrevi a olhar para trás para confirmar minha suspeita.

Naquela noite, assim que os meninos foram dormir, corri para a minha cama e procurei meu marido. Meu corpo pedia por sexo e, apesar de todo empenho dele, fingi um orgasmo. Não consegui dar ao meu corpo a resposta que ele pedia e me senti profundamente frustrada.

Na manhã seguinte abri a janela do meu quarto e, ansiosa procurei pela linha do mar e não encontrei. Um pequeno prédio estava sendo construído não muito longe e bloqueava a visão que eu tanto amava. E foi então que me perguntei quando isso acontecera. Como eu não percebi que uma parede estava sendo levantada? Corri para abrir a porta da sala temendo não ver o morro verde que costumava me inspirar e, com um suspiro de alívio, vi que ele ainda estava lá: deslumbrante e inalterado.

No entanto, um pensamento tentou me alertar de que eu estava me deixando levar pelo tempo sem me dar conta dos acontecimentos e distraída não percebia nem as mudanças bruscas, o que dizer daquelas mudanças sutis, que corroem o cotidiano e destroem a beleza ao redor? Mas eu era jovem, ainda não estava atenta a estes questionamentos e continuei a minha rotina.

PARTE TRES

Quando foi que me deixei enganar com a desculpa de que o café da padaria era melhor do que o oferecido pela empresa? Foi sim, por causa do café que, praticamente, abandonei o refeitório da empresa e me tornei assídua frequentadora da padaria.

E sempre que atravessava a rua a caminho dela, meu coração disparava e eu fingia que nada estava acontecendo. Eram apenas cinco minutos de uma conversa insignificante, sem qualquer apelo mais profundo. Era um falar do clima, do trânsito, dos turistas e nunca de nós mesmos.

Depois do dia em que nos esbarramos num silencio eletrizante e que me deixou com a sensação de que havia me despido diante dele, voltei na padaria (e ouso admitir que queria sentir, de novo, a mesma sensação do dia anterior) e novamente o olhar eletrizante e de novo um cumprimento rápido e temeroso que se repetiu por, pelo menos, duas vezes mais, até que ele tomou a iniciativa de se apresentar.

Victor era um pequeno empresário com uma loja de decoração na região. Eu conhecia a loja, onde eu já comprara objetos para minha casa e para presentear e é claro que nunca, em minhas visitas, tinha deparado com o proprietário. Ou não o tinha notado, o que é mais provável. Ele dizia que já me vira antes, inclusive na loja, mas para mim, ele passou a existir no dia do acidente.

Nos cinco minutos do meu café, ele sempre estava lá. Nossos olhares sempre eram intensos e era só isso. Não falávamos do que sentíamos. A emoção era imensa e nossa conversa era leviana diante do que eu sabia que existia. E tinha certeza que o mesmo acontecia com ele e, quando o clima entre nós ficava quase insuportável, eu mexia incessantemente na aliança em meu dedo, como se ela fosse um amuleto de proteção contra sentimentos tão intensos. Nesses momentos, ele sorria e evitava me olhar. E eu voltava para o meu trabalho, ciente de que estava pisando em areia movediça e corria o risco de não me salvar.

E então, a rotina me engolia e eu continuava como se cinco minutos num dia fosse algo muito pequeno diante do restante do papel que eu desempenhava na vida. Eu tinha dois filhos lindos para cuidar e proteger. Tinha um marido presente e amoroso. Um trabalho estimulante e duas horas diárias num ônibus onde eu não conseguia cochilar mais, depois de Victor.

Enquanto trabalhadores falavam de sua rotina, uma discussão com o motorista que não parou no ponto certo ou o cobrador pedindo lugar para a mãe com uma criança no colo, eu me deixava divagar por lugares onde o sol era ameno e os braços acolhedores de um homem me abraçava e eu tentava imaginar que era o meu marido, mas quando eu o olhava nos olhos, era o meu parceiro de café. Então, sem vontade de mudar os personagens da minha imaginação, eu me deixava levar pela magia do sentimento que brotava em meu coração e perambulava sem destino, de mãos dadas com ele neste mundo onde tudo é possível e não existe regras, como se fôssemos únicos no universo. Chegando ao meu ponto final, eu descia mal-humorada por ter que voltar à realidade e só melhorava com os abraços apertados de meus meninos que me esperavam.

E por um tempo esta rotina me perseguiu e eu não percebi qualquer alteração real no meu cotidiano.

E então, a manhã foi igual a todas. Minha lida de dona de casa de colocar roupas na máquina, cozinhar feijão, recolher o resultado escatológico da comida do nosso cachorro e não ter tempo de olhar para o morro verde que tanto amava, parecia a mesma.

A primeira hora num ônibus, hoje excepcionalmente lotado e eu em pé, por falta de lugares para sentar, mexeu com meu humor, me deixando azeda.

No trabalho, um operador perdeu a paciência com o cliente e o mandou catar coquinhos. Assim mesmo, neste linguajar. E eu precisei advertir o jovem e ainda arrumar um jeito de me desculpar com o cliente, que afinal, aceitou as desculpas e continuou cliente, apesar de que eu mesma, se pudesse, o teria mandado para um lugar nada higiênico, de tão chato ele era.

E finalmente, o intervalo de café.

Chamo o elevador e ele não chega. Não consigo esperar e desço as escadas. Estou ansiosa pelo café.

Na padaria lotada, não encontro o que procuro. Tomo lentamente o líquido quente sem sentir qualquer sabor. Tento evitar, mas não consigo deixar de procurar com meus olhos entre os fregueses. Ele, realmente, não está. Fico tentada em perguntar para a moça do caixa se ela o viu e consigo evitar esta imprudência. Volto ao trabalho com a sensação de abandono tão intensa que me dá vontade de chorar, o que eu acho estúpido, mas fico com o choro preso na garganta o resto do tempo, que se arrasta e me deixa distraída.

Final de expediente, ainda tenho que fechar um relatório e vou me atrasar, ligo (a cobrar) para casa e aviso.

Termino o relatório e já quase não há pessoas no andar. Desço de elevador pensando na possibilidade de ir de taxi para a casa, mesmo sendo bem caro, mas desisto e vou para o ponto e torço para que ele venha logo, pois já perdi dois e não tenho certeza do horário do próximo.

Percebo um carro parado a uma pequena distância do ponto. Assim que chego, ele se acende e, lentamente, se aproxima do ponto. Parando novamente, com o pisca-alerta ligado. O motorista desce e eu demorei a reconhecer quem era. Eu o vejo e meu coração dá um pulo e penso que vou enfartar, mas não resisto, entro no carro e dou a direção.

PARTE QUATRO

Jorge me é um livro aberto. Sei tudo a seu respeito. Suas primeiras palavras foram bebê e mamã. Deixou as fraldas aos três anos de idade quando já falava quase tudo ou, pelo menos, já se fazia entender. Frequentou a escola desde os seis anos e sempre tirou notas altas. Aos onze anos ficou internado por três dias por causa de uma pneumonia e, fora isso, raramente ficava doente.

Eu o conheci na faculdade quando eu estava tirando cópias de um livro para um trabalho e ele apareceu para fazer o mesmo.

Nos demos um oi e eu voltei para minha sala e não pensei mais nele. Eu era estudante de economia e pretendia fazer pós em recursos humanos.

Alguns dias depois nos esbarramos num quiosque dentro do campus e foi ele quem me reconheceu e me cumprimentou como se já fossemos amigos de muito tempo. Ele percebeu minha surpresa com aquela espontaneidade e resolveu se apresentar devidamente, me informando que me conhecia do xerox, que era estudante de matemática e que faria especialização em sistemas e me ofereceu uma coca cola.

Como eu não tinha nenhum assunto para resolver naquele momento, aceitei e nos sentamos no meio fio e conversamos um pouco. Foi quando notei que ele era muito bonito. Os olhos verdes com cílios longos ficavam escondido pelo cabelo castanho claro e liso caindo sobre o rosto e o sorriso fácil me encantou.

A conversa descomprometida logo me trouxe a suspeita de que ele, assim como eu, escondia por trás de aparência simpática, o fato de que éramos nerds, o que mais tarde se confirmou.

Depois deste dia, a gente se encontrava com frequência e conversávamos como amigos. Um dia o vi de mãos dadas com uma jovem e não gostei. Por que ele nunca me falara da namorada? Eu não tinha escondido nada dele a meu respeito e achava que ele devia ter feito o mesmo e, por mais que sabia que ele não tinha que ter feito isso, não conseguia parar de pensar a respeito e me sentir traída.

No nosso próximo encontro eu estava muito irritada e mal o cumprimentei, virei as costas e saí de perto. Ele me acompanhou e insistiu em saber o que estava acontecendo. Em vez de falar o que eu estava sentindo, comecei a chorar copiosamente e quanto mais ele se aproximava de mim tentando me ajudar mais eu chorava e por fim, saí correndo e entrei no banheiro feminino e ali fiquei por muito tempo. Sentada na privada eu pensava em quanto tinha sido ridícula e sabia que eu não teria coragem para vê-lo novamente. O que eu diria a ele? Que ele tinha me traído? Éramos amigos, que bobagem era essa de traição! E decidi que não daria explicação e seguiria minha vida esquecida deste triste episódio. Já haviam passados uns quinze minutos que eu estava parada ali e perdendo uma aula importante. Resolvi dar um basta e ir embora.

Ao sair, ainda com os olhos vermelhos, dei de cara com ele me esperando no lado de fora. Que susto! Seu dizer nada, ele me abraçou, me acolhendo de um jeito tão perfeito que eu nem pensei em recusar. Depois disso fui obrigada a falar de como me sentia e ele só disse que, de fato, ele estava namorando quando me conheceu, mas já tinha terminado há duas semanas e que, alguns dias atrás, ele estava mesmo passeando pelo campus com uma linda garota e que eu iria gostar de conhece-la. No dia seguinte ele me encontrou na sala de aula, acompanhado da bela jovem e a apresentou como sua irmã.

Casamos em uma cerimônia linda, com convidados, damas de honra, madrinhas e padrinhos e um padre que usava o bom humor para fazer pregação. Me vesti de branco, num lindo vestido que mal continha a minha barriga de três meses de gravides. Mesmo assim, fomos até Recife para realizar um sonho que eu tinha. Menos de sete meses depois, nasceu Paulo, meu primeiro filho.

PARTE CINCO

Já tem dias que não tomo café na padaria e acabei encontrando um bom lugar para me sentar e tomar o café, que na verdade, é tão bom quanto o da padaria e o melhor é que é gratuito e nas dependências da empresa.

A área de alimentação da empresa ocupa uma boa parte da cobertura do prédio. Tem uma lanchonete terceirizada que oferece uma boa variedade de lanches, sucos e doces. O café é fornecido pela empresa sem qualquer custo para os empregados. É ali que também fica um espaço para descompressão, com uma televisão, uma mesa de ping pong e uma pequena sala de leitura, com uma estante de livros doados pelos empregados. Há mesas e cadeiras por todo o espaço e sempre tem vários jovens falando alto por ali.

Perto da sala de leitura tem um vaso com uma planta muito bem cuidada e ao lado dela, uma pequena mesa com duas cadeiras, agora, me esperam para que, por dez minutos, eu possa pensar em Victor e ficar de olho na padaria para ver se o vejo.

Ele não vai aparecer. Neste momento, ele se encontra no Caribe, em lua-de-mel. Ele se casou.

No pouco tempo em que o conheço, nunca passou pela minha cabeça que ele fosse um homem comprometido. Não, ele não é um jovem, não sei a sua idade, mas com certeza é mais maduro, por volta de vinte e nove anos. É claro que ele poderia até ser casado e mesmo assim eu não teria notado. Eram só cinco minutos ao lado dele sem qualquer preocupação com o que sou ou com o que ele é. Ou era, por que agora eu sei que ele se casou. Eu não pensava em consequências. Não me imaginava profundamente afetada por ele e, quando soube que ele ia se casar, senti a verdade do tanto que os meus sagrados cinco minutos fizeram comigo. Foi como se o santuário da relação platônica se tornasse um inferno e a custo consegui recompor-me para seguir, aparentemente, inteira.

E saber que eu estava totalmente afetada pela presença dele, não mais nos cinco minutos da padaria, mas a cada segundo de minha vida foi também descobrir que eu não era uma mulher equilibrada como sempre me orgulhava ao pensar sobre isso. Achava que eu estava acima destes delitos que destroem relações e ameaçam a família e agora, estava lutando comigo para vencer uma dura batalha e derrotar um sentimento que doía fisicamente.

E o pior é que sei que para ele não foi fácil seguir adiante com o que ele já tinha se comprometido. Ele queria romper o noivado, queria uma palavra minha.

Fiquei tão surpresa com tudo: entrar em seu carro, estar com ele sozinha e ouvi-lo falar de seus sentimentos. Não sei como consegui coragem para dizer não. Foi um não tão intenso como era a mistura de sentimentos que acontecia dentro de mim naquele momento. Não! Eu não posso e não quero. Não! Eu não o amo, eram só cinco minutos de conversa fiada, sem qualquer comprometimento. Não! A negativa enganando a possibilidade de ser algo palpável.

E eu desci do carro num ponto na metade do caminho e ele ficou no carro, cuidando de mim, até eu entrar no ônibus. Cheguei em casa mais cedo do que minha família esperava e ficaram felizes por isso. Eu brinquei com meus filhos e os coloquei para dormir. Abracei meu marido e fizemos sexo como sempre. Depois ele dormiu e eu fiquei acordada por muito tempo e não derramei nenhuma lágrima. Parecia que havia um espaço oco, sem qualquer sentido, dentro de mim.

No dia seguinte, abri a janela do quarto e vi que não havia mais mar para se ver. A enorme construção obstruiu totalmente aquela vista.

Esperançosa, abri a porta da sala e o morro ainda estava lá, mas definitivamente ferido! Pesadas máquinas derrubaram árvores e cortaram o mato e eu via a cicatriz que logo se tornaria uma nova estrada.

Então, não resisti e me entreguei ao choro. Definitivamente, eu estava mudada.

PARTE SEIS

Minha mãe nasceu no bairro do Pina, em Recife. Filha de pescadores, aprendeu cedo a lutar pela sobrevivência. Mas ela nunca nos falou sobre isso. O que eu e minha irmã Jerusa sabemos é o que nossa tia nos contou, mesmo contra a vontade de nossa mãe que preferia falar do presente e deixar o passado lá em Recife e no subúrbio do Rio, onde elas moraram. Mas, como irmã mais velha, a tia tinha autoridade sobre minha mãe, mesmo quando as duas pareciam ter a mesma idade, e assim, ouvíamos as histórias de outros tempos e Mainha sempre fingia ficar zangada, mas era por pouco tempo e logo ria das lembranças.

Segundo a Tia Quitéria, minha mãe fora muito sapeca (palavras dela), quando menina e sempre "se escapulia" para namorar atrás dos barcos ancorados.

Ainda muito jovem ficou perdidamente apaixonada pelo pai de Jerusa e não demorou para a ele se entregar e criar barriga. Quando ela contou para meus avós a situação, foi um "bafafá danado" dentro de casa e meu avô queria dar uma surra de cinto nela, mas minha avó se colocou entre eles e não deixou, dizendo que ela iria embora com sua filha se ele relasse um dedo na menina.

Pior do que ter uma filha com barriga era perder a mulher, foi o que ele pensou e acabou por aceitar a situação. O pai da criança "se escafedeu" por este mundão e nunca mais minha mãe ouviu falar dele.

A barriga crescendo e as lágrimas secando fizeram de minha mãe uma pessoa diferente: agora ela ajudava a mãe a limpar os peixes para vender na feira, não saia de casa para nada e também não reclamava dos resmungos de meu avô.

Jerusa nasceu a cara do sem vergonha que sumiu. Olhos azuis, cabelos claros e a pele mais clara ainda. Uma bonequinha.

Passado o resguardo, minha mãe já estava toda bonita de novo, nem parecia ser mãe e cuidava muito bem da menina, trocava os panos sempre que sujavam, dava o peito, penteava com os dedos os fiozinhos loiros e conversava muito com a filha.

Numa tarde em que todos estavam em casa por que era dia de comemorar algum santo, um mascate bateu na porta. Isso era sempre um alvoroço. Ele abria a enorme mala e dali tirava pedaços de tecidos coloridos, fitas e rendas, botões e linhas, um monte de coisas que alegravam os olhos daquele povo pobre e que não tinham acesso às lojas do centro.

O avô deixava as mulheres escolherem um pano, comprava o necessário para a costura e, depois de muito reclamar do preço, fechava a conta ficando também com um corte para uma camisa ou uma calça. O pagamento era parcelado e Mustafá, como era conhecido o mascate, mas que tinha o nome de José Bezerra na certidão de nascimento, combinava quando voltaria para receber o pagamento e trazer mais novidades.

Mas Mustafá voltou antes do combinado e levou um presente para Mainha e ela ficou toda derretida com o mimo. Não demorou muito para que minha mãe saísse escondida de casa para se encontrar com o mascate. Havia entre ela e minha tia um combinado: um dia uma saía e no outro, a outra. Nesta época minha tia estava se encontrando com um milico, com quem se casou, de véu e grinalda. O milico fez carreira militar e foi transferido para o Rio de Janeiro, onde foram morar depois de casados.

Antes do casamento de minha tia, o mascate pediu ao meu avô autorização para levar minha mãe e Jerusa para morar com ele. Sabendo da impulsividade da filha, ele resolveu concordar, antes dela ganhar barriga de novo.

Assim, minha mãe ganhou um parceiro que ela via poucas vezes no ano. O retorno das longas viagens eram comemoradas com muita safadeza (e nesse ponto da história, Mainha sempre gargalhava) e logo, sem pílulas, a barriga começou a crescer novamente, mas minha mãe só se deu conta disso depois de Mustafá partir para buscar pagamentos em lugares distantes.

Antes de viajar, ele deixava dinheiro paras despesas da casa e era assim que ela vivia, economizando em tudo, pois não sabia quando ele voltaria.

Os meses foram passando, a barriga crescendo e Mustafá não voltava. Preocupada, ela falou com seus pais a respeito de voltar para casa, pois via que o dinheiro estava acabando e não poderia pagar o próximo aluguel.

As portas foram abertas e ela estava de volta com filha nos braços e um bebê na barriga. Eu nasci sem a presença do mascate que nunca mais deu notícias. Minha mãe achava que ele tinha sido assassinado por ladrões em alguma paragem, ou estraçalhado por algum animal em um canto ermo.

Minha tia, já casada com o militar e morando no Rio ofereceu sua casa para minha mãe morar e poder trabalhar para ajudar no sustento das filhas. Com a concordância de meus avós, que ficaram com suas filhas, ela partiu para o Rio, levando uma sacola com algumas roupas. Os presentes que Mustafá havia lhe dado, ela vendeu e, antes de partir, entregou o pouco dinheiro arrecada para minha avó.

Por dois anos ela trabalhou de empregada mensalista em casas ricas e mandava um pouco de dinheiro, pelo correio, para ajudar minha avó e o restante do pagamento ela guardava. Na folga semanal, ela fazia faxina em consultórios. Tia Quitéria dizia que precisava brigar para ela descansar num feriado. A vida dela era trabalhar e trabalhar. Dois anos depois, meu tio foi, novamente, transferido para Santa Catarina e minha mãe não sabia se devia acompanha-los até que mudou de ideias e resolveu mudar-se também.

Antes, ela pagou as passagens de minha avó que nos levou para o Rio e, dois meses depois, minha avó voltou para Recife e nós viemos para Florianópolis, onde ela alugou um pequeno apartamento e começou a fazer bolos e doces, que vendia nas casas dos vizinhos, carregando as filhas pelas ruas. Quando tinham turistas, vendia sanduiche e suco na praia. Com o tempo, ela conseguiu montar um quiosque na praia para vender seus quitutes durante a temporada. Com o que ganhou, conseguiu alugar uma porta e montou uma pequena lanchonete e doceria. Em pouco tempo ela alugou a loja ao lado e inaugurou uma grande confeitaria.

Nunca vi minha mãe chorar e nem se lamentar. Sempre estava sorrindo com os olhos ou dando gargalhadas que empolgava todos ao seu redor e também não permitia que eu e Jerusa reclamasse de nada. "Se não tem, quando puder compra" era seu lema. Depois que nos casamos, ela fez um ótimo negócio com uma franquia, vendendo seu negócio e, finalmente, parou de trabalhar. Era o seu momento de se aposentar. Aproveitou para viajar a Recife para visitar os túmulos de meus avós, que morreram sem que pudéssemos nos despedir. Não se demorou na viagem e ficou por aqui, vivendo em seu apartamento sem grandes luxos e sem incomodar ninguém.

Nunca vi minha mãe namorando ninguém. Quando falávamos com ela sobre isso ela ria muito e dizia que já tinha namorado o suficiente para esta vida e algumas outras, mas, de vez em quando, dou os meus pulinhos, dizia rindo muito e eu nunca soube se era verdade.

Na madrugada que Alice nos deixou, ela foi a primeira a chegar no hospital e, sem dizer nada, me abraçou, me deixando chorar pelo tempo que precisei. Depois, com sua voz rouca e gostosa, cantou, bem baixinho, uma canção que eu não conhecia. Quando eu me acalmei, ela apenas disse que meus filhos me esperavam e era ao lado deles que eu devia estar. E foi o que fiz.

PARTE SETE

O percurso do meu ônibus, no sentido centro, inicia num bairro anterior ao que moro. É um bairro muito interessante pelas características de seus moradores, na minha visão particular.

Penso em quatro grupos com estilos diferentes.

O primeiro grupo é formado pelos primeiros habitantes do lugar, que eram pescadores e, agora, seus descendentes mantém as tradições dos pais mesmo trabalhando em empregos formais e fora do bairro. Suas casas estão construídas, na maioria, na região central do bairro.

O segundo grupo são dos moradores que fazem um estilo mais alternativo. Optaram por uma vida minimalista e mesmo que já tenham agregado alguns hábitos consumistas, ainda preservam a essência do estilo. Estes moram no interior do bairro.

Um outro grupo é o dos abastados. São famílias ricas que pagaram uma fortuna pelo metro quadrado às margens da Lagoa e desfrutam de uma paisagem única.

E tem também os menos privilegiados. É um grupo que, por causa das necessidades básicas não satisfeitas abriu espaço para pessoas perigosas em seu meio, que levam uma vida de muitos riscos.

É um bairro populoso e quando o ônibus pára no meu ponto, normalmente já está quase lotado e como o percurso ainda será bem grande, muitos usuários ainda vão entrar e superlotar o veículo, mesmo assim, a maioria dos passageiros acabam por fazer amizade pelo contato diário.

Depois de um certo tempo, todos se conhecem e muitos levam as amizades para o seu cotidiano.

Por um tempo eu cochilava no transcurso e não me dava a oportunidade de conhecer ninguém, depois, quando o sono deu espaço para as lembranças de momentos numa padaria, percebi quantas pessoas interessantes viajavam comigo diariamente. Entre elas o Sr. Jacob, que passou a guardar lugar para mim ao seu lado, depois que começamos a conversar.

É claro que todos tinham apelidos no ônibus e o distinto senhor era chamado de Lorde; isso por causa de sua forma de vestir-se, sempre elegante e pela boina xadrez que sempre carregava nas mãos. Um verdadeiro cavaleiro.

Ele me contou que era advogado e que, por muitos anos, trabalhara como consultor numa empresa em Londres e onde morou com a esposa e filho.

Sua esposa faleceu muito jovem, aos quarenta anos, e o filho com apenas dezoito anos, conhecera uma mulher brasileira através da sala de bate-papo na internet e estava morando com ela, no bairro anterior ao meu e, então, meu novo amigo, vivendo sozinho em Londres, decidiu voltar ao Brasil, que já conhecia por ter passado uma temporada aqui quando conhecera sua mulher, construiu um apartamento no mesmo terreno do filho e onde morava sozinho.

Na ida, sempre descíamos no mesmo ponto de ônibus no centro e era comum encontrá-lo, também, no meu retorno, assim como alguns dos outros passageiros.

Nossas conversas eram banais, sem grande importância, mas aos poucos, depois que ele me falou tão abertamente sobre sua família, comecei a fazer confidências para ele e por fim, falei de Victor e de como me sentia.

Foi a única pessoa com quem me permitir compartilhar meus sentimentos. Nem com minha irmã, a quem eu considerava também minha amiga, falei sobre isso. E depois que comecei a falar, não parei mais.

Contei-lhe meus sonhos e de como não aceitei ter uma relação, qualquer que fosse ela, com ele e de como gostaria de ter tido coragem de ter experimentado um momento com ele. Falei de como me sentia a respeito de meu casamento e da minha sensação de ter traído meu marido.

Ele me ouvia e demonstrava compreensão. Nunca me criticou e manifestava seu apoio num aperto de mão, quando chegava a minha vez de descer do ônibus.

Um dia ele me perguntou o que eu faria se pudesse realizar um sonho. Nem pensei muito e respondi que ficaria uma semana em Paris com Victor, sem fazer perguntas de como estava a vida dele e sem falar da minha. Este seria o momento só nosso, sem presente e sem passado. Seria apenas um hiato no tempo. Sem futuro e sem razão.

Ele apenas sorriu e quando nos despedimos ele me disse "Paris espera por vocês".

Senti um arrepio por ouvir isso e fui pra casa melancólica como se eu tivesse desperdiçado o meu sonho mais recôndito ao trazê-lo à luz.

Paris estava distante e Victor, muito mais ainda. Paris não espera por amantes que nunca foram.

PARTE OITO

Meus meninos já não vão mais para a creche e a lista de materiais da escola particular é bem cara. Thiago herda o material do ano anterior de Paulo, mas sempre tem muitas novidades para pesar no orçamento. E é claro que tem as matrículas, os uniformes, o transporte e alimentação. E o projeto de comprarmos um segundo carro é novamente adiado, embora, financeiramente, nossas vidas estejam bem. Eu estou sendo promovida à Gerência Comercial e meu marido está começando a colher os frutos de alguns anos de investimentos numa empresa de tecnologia avançada.

Agora ele não busca mais os filhos na escola e precisamos contratar o serviço de transporte.

Como meu horário vai mudar para o início da manhã até o as quatro horas da tarde, preciso resolver um espaço no tempo em que meus filhos voltam da escola e ficam sozinhos. Provisoriamente, peço para minha mãe ficar em casa alguns dias e ela, prontamente, me socorre. É a cara dela largar tudo para atender as filhas. Como eu a amo!

E minha nova rotina começa e pego carona com Jorge pela metade do caminho e depois vou de ônibus até o trabalho.

Com esta mudança na rotina, não vou ter tempo para tomar café no horário antigo e, então, não saberei se Victor voltará à padaria e assim, decido apagar, de vez, esta lembrança e aos poucos vou acomodando-a num lugar muito bem escondida em minhas memórias. Vou deixa-lo lá e acredito que, com o tempo, ela desaparecerá.

Vou mudar também a minha relação com Jorge. Estamos muito afastados, só conversamos o indispensável. Quero sentir novamente a paixão do primeiro momento e poder acreditar que vamos envelhecer juntos.

O ônibus também mudou. Avisei meu amigo Jacob que iria trabalhar em horário diferente e passaria a usar o Especial que tem ar condicionado, só leva passageiros sentados e a passagem custa o dobro do preço do ônibus comum e fico surpresa quando ele me diz que, coincidentemente, ele também estava mudando o horário e que nos encontraríamos de novo, pelo menos na volta.

Minha mãe me espera com o jantar pronto e a casa arrumada. Os meninos estão cheios de novidades pelo ano escolar que começou e felizes com a presença da avó que eles adoram. Esperamos Jorge para o jantar e ele avisa que vai chegar muito tarde. Não me preocupo com isso, embora, nos últimos tempos, estes atrasos têm acontecido com muita frequência ou ainda, por causo do trabalho ou por jantares com clientes. O que me tem chamado a atenção é ele não ter me procurado para fazer sexo com a frequência de antes.

Como eu estava vivendo um momento estranho em minha vida, achei que eu é quem estava mais fria, mas na verdade, mesmo sem vontade, não me furtei nenhuma vez a desempenhar o meu papel e nunca deixei transparecer minha frustração por não ter saciado meu corpo.

Á mesa do jantar, minha mãe conta que já contatou uma amiga, que tem uma amiga e esta vai me enviar a irmã da sua empregada para uma entrevista no sábado. Com a promoção, ganhei dois sábados livres no mês, então, vou estar em casa o dia todo. Ela me fala que eu não preciso me preocupar, que ela vai ficar em casa até a nova pessoa ser aprovada para ficar sózonha e que, também, se responsabiliza pelas informações e a documentação. Ela em muita experiência em contratação de pessoas e fico tranquila quanto a isto.

Eu a convido, novamente, para morar comigo e ela ri muito disso. Não, ela não virá morar comigo e também não vai morar com minha irmã. Ela quer continuar sozinha mesmo que as rugas já estejam profundas em seu rosto e cabelo pintado de castanho claro, mostre quase um dedo de fios brancos. Ela sempre foi dona de seu nariz, ela me diz e continua rindo.

Bem mais tarde, Jorge chega e não quer comer, dizendo que tomou um lanche na empresa e vai direto para o banho. As crianças já dormiram e minha mãe está acomodada num pequeno quarto usado para visitas onde, no dia-a-dia, é nosso pequeno escritório.

Enquanto espero por meu marido, penso que devia dar a ele uma noite especial e visto uma camisola insinuante para espera-lo. Quando ele volta, nem percebe o que estou usando, me dá um beijo e se vira para o outro lado.

Sinto um nó na garganta e penso em desistir. Mas eu não desisto e o abraço, me insinuando. Ele reage e me beija e eu percebo que ele está se esforçando para continuar. Novamente penso em parar com aquilo e novamente me deixo continuar. Penso que precisamos deste momento para restartar nossa relação e vou dar tudo de mim para ser um perfeito reiniciar. E então, deixo-me envolver e vamos até o fim. Se não foi um orgasmo épico, tudo bem, eu gozei e ele também. Acredito que foi bom para ambos. Por fim, ele me dá um beijo rápido, se vira novamente e dorme e eu fico horas acordada tentando entender meu coração. Quando durmo, sonho que estou a caminho de Paris e espero alguém chegar ao aeroporto para me acompanhar. Não sei se este alguém chegou e já estou num avião olhando as nuvens passarem e quando me viro alguém está ao meu lado e, por razões desconhecidas, acordo sobressaltada sem ver o rosto do meu acompanhante.

Depois desta noite, vou ter sonhos com um rosto que não vejo (ou não me lembro) repetidamente, com muitas variações e sentidos. Não me esforço para tentar me lembrar dele. Engano-me, conscientemente, e é isso que quero. Vou tentar resgatar meu casamento e ser feliz.

Três meses depois desta noite, estou numa reunião com a diretoria de minha empresa e percebo que as pessoas estão se afastando de mim e de repente tudo se apaga. Quando acordo, estou num quarto de hospital. Não consigo entender o que houve e mesmo o médico explicando que desmaiei e que ele estava esperando os resultados dos exames feitos para dar um diagnóstico, eu queria me levantar e ir embora dali. Uma colega de trabalho entra no quarto e me sinto melhor em ver alguém conhecido. Ela me conta que simplesmente desmaiei e que fora isso, nada mais aconteceu. Alguém próximo me apoiou, chamaram uma ambulância e me levaram para o hospital que é bem perto da empresa. Meu marido já tinha sido avisado.

Quando o médico volta, Jorge já está com ele e, juntos, recebemos a notícia de que estou, novamente, grávida.

Ficamos boquiabertos, não planejamos um terceiro filho. Decidimos que eu tomaria pílula e eu fazia isso religiosamente. Será que foi assim mesmo? Por anos, tomar a pílula fazia parte do meu cotidiano e, é bem possível que, com tantas distrações emocionais, eu tenha abandonado a rotina e deixado de tomar por algum tempo e nem notei. Ou deixei de tomar, ao menos uma vez e o plano de não ter mais filhos falhou. Por um instante, sinto-me envergonhada por ter falhado, mas o abraço de Jorge mudou tudo. Ele ficou feliz e foi dizendo, visivelmente emocionado, que era a chance da nossa menina. É a nossa Alice que está vindo, Helena! É a nossa Alice! Eu sorri e não duvidei dele. Era a nossa Alice.

PARTE NOVE

Com um calor de mais de trinta graus, preciso procurar uma sombra para refrescar meu corpo. Não quero que nada prejudique a gestação de meu primeiro filho. Jorge, sempre com os olhos verdes brilhando, toca, constantemente minha barriga incipiente e conversa com alguém que ele chama de Alice.

Ainda não sabemos o sexo. Estamos em lua-de-mel em Recife, conhecendo as praias de minha terra natal, da qual eu não tenho nenhuma memória.

Por curiosidade, visitamos o bairro do Pina, onde vivi quando bebê e conversamos com pescadores mais velhos sobre a minha família, mas não conseguimos nenhuma informação sobre eles.

Sempre tive vontade de procurar por outros parentes e, estando aqui, penso que, na verdade, eu queria tentar saber alguma coisa a mais sobre meu pai.

Não encontrei mascastes por onde andei e nem quem os conhecesse. Tentei uma loja de armarinhos e não deu em nada. Um homem me disse que muitos José Bezerra, ou nome parecido, davam-se a alcunha de Mustafá por causa da tradição, na região, de que, quem fazia mascate era árabe. E muitos eram, de fato, descendentes não reconhecidos e, mesmo não tendo o sobrenome da família do pai, adotavam-no para o trabalho.

Voltei para Florianópolis sem nenhuma informação sobre o meu pai e muito feliz por ter realizado o sonho de conhecer a terra do meu primeiro lar.

Na bagagem trouxe lembranças da terra: toalhas rendadas e inúmeros *souvenires* comprados na Oficina Cerâmica Francisco Brennand além, é claro, de quase a metade do enxoval para o bebê.

Nosso apartamento de dois quartos nos esperava no centro da cidade. Nossos trabalhos também.

Enquanto minha barriga crescia, minha ansiedade também. Esperar um filho é uma experiência única. Minha barriga atraía atenções, cuidados e até mesmo desejos. Pelo menos em duas ocasiões recebi "cantadas" e percebi olhares de desejos em um homem com quem eu cruzava todos os dias ao voltar a pé para casa.

Notei que meus cabelos brilhavam e minha pele também. Como não engordei muito, minhas feições apenas ganharam mais luz. Não sofri nenhum enjoo ou mal-estar e trabalhei até o dia em que minha bolsa rompeu e fui para a maternidade pela manhã, já sabendo que quem iria nascer era Paulo.

Jorge cumpriu com todos os rituais: assistiu ao parto sem desmaiar, fotografou tudo o que pode, chorou feito criança ao ter o filho em seus braços, distribuiu charutos para amigos e familiares, comprou uma quantidade enorme de flores que mandou enviar para a maternidade e ainda comprou um adereço de ursinhos para a porta do quarto, depois de insistir comigo que queria comprar algo do seu time de futebol que discordei por não o ser meu time.

Quando fomos para casa, ele se manteve ao meu lado, ajudando a cuidar do filho, trocando as fraldas e ninando quando eu estava cansada e com os peitos sangrando pelas mamadas de duas em duas horas.

Minha mãe me visitava todas as noites. Nesta época, ela tinha duas grandes confeitarias e trabalhava muito ainda. A mãe de Jorge passava as tardes comigo e me ensinou muito. Quando precisei voltar ao trabalho, ela ficou com Paulo por quase um mês, até eu consegui uma creche que fosse reconhecida pelo bom trabalho realizado e aceitasse recém-nascidos. Os demais parentes se revezavam em nos fazer visitas e assim eu sempre tinha pessoas para me apoiar.

Tudo aconteceu muito rápido e logo Paulo já tentava pronunciar algumas palavras e quando ele começou a ficar sentado percebi que minha menstruação estava atrasada.

E novamente Jorge acariciava minha barriga e me perguntava se eu achava que era nossa Alice. Eu não tinha nenhuma intuição a respeito e dizia que o ultrassom iria confirmar. E confirmou que Thiago estava a caminho.

Eu também gostaria muito de ter uma menina, mas recebi Thiago com a mesma alegria com que recebi Paulo.

A nova gravidez fez de mim uma comilona voraz. Para não engordar demais, passei a comer cenouras cruas o tempo todo. Tentei comer outros legumes, mas não consegui. Assim, quando eu tomava sol, ficava bronzeada. Logo eu parecia uma rata de praia e esta era a parte divertida daquele período. Por outro lado, eu sentia contrações chamadas de treinamento ou de Braxton Hicks desde o início da gravidez e, embora o obstetra tentasse me tranquilizar, não conseguia. No quarto mês, além do aumento das tais contrações, comecei a sentir dores no pé da barriga e um dia apareceu um pequeno sangramento na minha calcinha que me alertou de algo errado.

Corremos para a maternidade e avisamos nosso médico que foi até lá para me atender. Um novo ultrassom mostrou que o bebê estava bem, mas se confirmou o descolamento da placenta, o que era muito grave. Fiquei internada por cinco dias e na alta, o médico me disse que, para ter o bebê, eu teria que fazer repouso pelo restante da gravidez e mesmo assim, dificilmente eu levaria a gravidez até o final e então, eu devia estar preparada para um parto prematuro.

Não foi a melhor notícia, mas eu não olhei, em nenhum momento, para o lado negativo e fiz tudo o que pude para cuidar do bebê em minha barriga. Afastei-me do trabalho e passava boa parte do tempo deitada. Comecei uma dieta alimentar para manter a saúde e perder excesso de peso só para evitar complicações em caso de cirurgia. Como eu nunca fumei e raramente tomava bebidas alcóolicas, isso também ajudou e por fim, no oitavo mês, Thiago nasceu perfeito, através de uma cesárea e Jorge repetiu todo o ritual e só lamentou não ter tido autorização para assistir o parto.

Thiago precisou de alguns dias na incubadora e eu fiquei na maternidade pelo mesmo tempo. Depois disso, apesar da cirurgia invasiva e com o apoio da família toda, consegui amamentar meu filho e em três meses, ele já tinha peso e altura equivalentes a um bebê de parto normal com a mesma idade.

Foi nessa época que conversamos a respeito de ter ou não mais filhos e decidimos que não faríamos isso. Jorge se ofereceu para fazer vasectomia e eu achei que não deveríamos fazer isso tão novos. Me ofereci, então, para tomar pílulas após o período de amamentação e, antes disso, fazer sexo só com tabelinha e usando camisinha. E nos mantemos sem surpresas por quase dez anos.

PARTE DEZ

Depois que confidenciei ao Jacob um sonho do qual nem eu mesma tinha consciência, precisei de alguns dias para voltar a me sentir à vontade com ele. Estava envergonhada por ter deixado escapar algo que, por ser casada, parecia a confissão de uma grande traição.

Mas, o que é uma grande traição? Será que se pode especificar o tamanho de qualquer traição ou traição é um fato e não importa o feito e sim o resultado provocado?

No entanto meu amigo se manteve igual a todos os dias. Discreto e elegante, ele não teceu qualquer comentário a respeito do fato de eu sonhar em ir a Paris com um desconhecido.

Enquanto ele me contava que seu filho havia se separado da companheira e que estava namorando, via sala de bate-papo, uma mineira, eu lutava para não permitir que, em meus devaneios, eu entrasse em Paris, que eu não conhecia, mas imaginava, de mãos dados com Victor.

Demorou algum tempo para que estes devaneios fossem embalados e guardados no compartimento que destinei a Victor. Por fim, pisei a realidade e apenas queria reformar minha casa e trocar os móveis.

Mais um dia normal e, no final da tarde encontrei-me com o Jacob no terminal de ônibus e ele estava acompanhado por um homem bem mais novo do que ele, que me foi apresentado como

Omar e juntos entramos no ônibus, Jacob sentando-se comigo. Comentei com ele que Omar era tão elegante como ele e que os colegas do ônibus anterior o chamariam também de Lorde. Ele riu discretamente e disse que Omar iria morar com ele por algum tempo, o que seria bom, já que seu filho estava se mudando para Belo Horizonte, para viver com a nova namorada.

Eu ficava encantava com as histórias de seu filho aventureiro e esta capacidade de recomeçar uma nova vida sem questionar se estava certo ou errado e, principalmente, pelo fato de um só conhecer o outro através da tecnologia da internet.

Pouco tempo depois, meu velho amigo contou que estava se aposentando em definitivo e que logo voltaria para Londres, onde esperava que eu fosse visitá-lo. Deu-me um cartão com seu nome completo e o endereço onde eu o encontraria.

Fiquei sem palavras. Embora não tivéssemos levado nossa amizade para além daquelas viagens de ônibus, foram muitos anos de conversas e de trocas. Ele sabia onde eu morava e mandou flores e uma linda colcha infantil bordada com ursinhos e borboletas, quando Alice nasceu e um discreto cartão, quando ela faleceu. E eu tinha apenas uma vaga ideia de onde ele morava.

Ele era o guardião de muitos segredos que eu havia lhe confiado e conhecia o meu sonho mais escondido.

Do meu deslumbramento com Victor à dor de ver minha menina ir-se. Ele me conhecia e eu só me dava conta disto agora, quando ele se despedia. E então chorei. Primeiro, discretamente, depois solucei no abraço discreto que ele me deu. Naquele dia ele desceu comigo do ônibus e me acompanhou até minha casa. Não quis entrar e na partida, me deu outro abraço e eu fiquei com a impressão de que meu pai estava indose e entrei chorando, com sensação de que havia sido, novamente, roubada pela vida,

Jorge perguntou a razão do meu choro e quando contei ele riu. Não conseguia entender a razão do meu sofrimento e dizia que nas próximas férias poderíamos passar alguns dias em Londres e quem sabe ir até Paris. Senti um frio na barriga e não disse nada. Eu não faria esta viagem com ele e isto não tinha qualquer sentido. Viajávamos sempre em família para lugares interessantes e poderíamos continuar a fazer isso, mas Paris não. Paris era meu único sonho e Jorge não fazia parte dele e eu não estava disposta a abrir mão dele.

Esta constatação me afetou muito. A dor que senti por saber que eu não queria meu marido em meus sonhos foi profunda. Era pior a sensação de trai-lo nestes devaneios do que, talvez, se eu o fizesse objetivamente.

Já tinha algum tempo eu passara a prestar mais atenção em Jorge. O tempo estava fazendo dele um homem muito bonito, muito mais interessante do que aquele jovem que conheci. O cabelo bem cortado, a barba sempre feita e o nenhuma gordura extra no corpo esbelto. As roupas desleixadas de outros tempos foram trocadas por calças sociais bem cortadas e camisas de qualidade.

Definitivamente me casei com um homem perfeito. Nunca deixou meus filhos sem atenção. Costumava sair com eles nos finais de semana. Levava-os para o campus da Universidade e juntos davam voltas de bicicleta, de patins ou simplesmente andavam até se cansar. Era comum combinarem trilhas e me convidarem. Algumas vezes eu os acompanhava. Na verdade, nos últimos tempos tenho optado por ficar em casa.

Numa noite, ele chegou tarde do trabalho e quando na cama, eu quis fazer amor e ele deu uma desculpa de que estava esgotado pelo dia tumultuado. Aceitei a desculpa e dormi tranquilamente.

No dia seguinte transamos rapidamente pela manhã e sem orgasmo, passei o dia com a sensação de que meu corpo pedia por sexo o tempo todo.

Naquela noite ele chegou quando eu já estava dormindo e na manhã seguinte, ele saiu mais cedo e, de novo, fiquei sem sexo.

Na volta do trabalho, quando o ônibus parou no ponto próximo ao trabalho dele, tomei a decisão impulsiva de descer ali e fazer uma visita surpresa ao meu marido.

Raramente eu o visitava e era por absoluta falta de tempo e não desinteresse por seu trabalho. Eu o apoiava quando ele buscava apoio para decisões importantes e, em mais de uma vez, ele me chamou para trabalhar com ele, o que nunca aceitei para evitar maior desgaste em nossa relação.

Uma pequena caminhada do ponto de ônibus por uma ruela arborizada até um pequeno complexo de prédios logo acima e eu de salto alto, preciso fazer isso devagar e, de vez em quando, apoio-me nas árvores para descansar. Aproveito para olhar a paisagem ao redor, com os morros verdejantes e o mar à vista.

Demoro um pouco para perceber a camionete de Jorge na entrada do seu prédio e ele apoiando uma jovem, certamente grávida, que está entrando no lado do passageiro. Consigo ver os detalhes pois não estou longe e percebo o cuidado, (ou seria carinho?) com que ele a trata.

Depois ele entra no veículo e eu, sem pensar, me escondo atrás da árvore e espero ele passar. Estou atônita pelo o que aconteceu. Não entendo por que me escondi, como se eu não quisesse trazer à luz uma situação constrangedora ou, então, eu realmente compreendi o que se passava e optei por não me expor.

Chamei um taxi e fui para casa e esperei por ele que chegou a tempo de jantar em família. Eu não falei nada, não queria uma discussão na frente das crianças. Nunca fazíamos isso. Se tínhamos algo a resolver, fazíamos em particular, em nosso quarto e num tom que não chamasse a atenção dos meninos. Mas um nó subia e descia do meu estômago até a garganta e apertava meu coração.

Mantive-me em silencio sempre que possível e sabia que ele havia percebido que algo não estava bem. Tudo bem, ele esperaria em nosso quarto, fosse o que fosse.

Já não havia histórias para contar aos meus meninos. Eram adolescentes e mal respondiam ao meu boa noite.

Antes de ir para o meu quarto, andei pela casa, fazendo uma coisinha aqui e outra ali, adiando o momento de olhar para meu marido e pedir explicação.

Sem ter mais como adiar, respirei fundo e entrei no quarto e, como eu esperava, ele estava acordado, sentado na cama e esperando.

Ele sempre foi assim, se tem que resolver, vamos resolver, mas eu senti, pela primeira vez que ele havia adiado este momento o quanto pode.

Sim, ele me amava como sempre amou, foi só um deslize, numa comemoração por metas atingidas e ela engravidou. Não, ele nunca mais teve nada com ela, mas estava dando toda a atenção necessária para que tudo corresse bem. Eu podia perdoá-lo e aceitar que ele seria pai, pela quarta vez? A pergunta ecoava na minha cabeça. Eu não sabia. Nem sabia se era ele quem devia ser perdoado. Fui dormir no quarto que construímos para Alice. Ela nem chegou a dormir ali. Agora, uma nova pintura escondia os delicados pássaros pintados no teto, por uma artista local. O berço foi substituído por uma cama de casal e esperava por hóspedes. O papel de parede foi retirado e as paredes receberam tinta branca. As cortinas não são mais amarelas suaves e sim cinzas. O perfume de sabonete infantil já se dissipou e agora, em cima da escrivaninha, uma vela odorífica pode ser acesa e deixar o ambiente com um sutil perfume oriental. O armário feito sob medida, guarda os cobertores e edredons para as noites mais frias.

Ainda não consigo deixar porta-retratos com fotos dela. Guardei-as numa gaveta enroladas na delicada manta com que saiu da maternidade. Foi só o que guardei. Tudo foi doado.

O imenso enxoval conseguido pelos muitos presentes que ganhei nos diversos chás de bebê que precisei comparecer na empresa. Um para casa setor e cada operação e em cada turno de trabalho. Depois, foi feito outro na casa de minha sogra e fiquei com a impressão de que tinha gente demais, conhecidas e pessoas que eu só conhecia de vista, mas todos nos deram presentes. Até Jorge comprou roupinhas, tão entusiasmado estava.

A nova gravidez foi muito comemorada e correu tudo bem. Um desmaio no início e nada mais. O princípio de anemia foi tratado e tudo voltou à normalidade. Alice nasceu com quase três quilos e chorou à plenos pulmões, linda, de cesárea por indicação do médico, perfeita e sem qualquer problema de saúde, com nota máxima em todos os testes.

E desta vez Jorge se superou: encheu o quarto da maternidade com ursos cor-de-rosa, bonecas e até uma caixinha de música com uma linda bailarina que rodava quando se dava corda. No lugar de charutos, ele distribuiu pirulitos, também cor-de-rosa, acompanhado pelos meninos, que estavam tão felizes como ele com a irmã.

Já em casa, o entusiasmo de Jorge persistia e como aconteceu com os meninos, ele ficou alguns dias em casa para me ajudar. E fazia isso com prazer e nunca esquecia de dizer o quanto me amava.

Minha mãe nos presenteou com um lindo berço do tipo Moisés que adotamos para deixar Alice dormindo em nosso quarto, ao lado de nossa cama. Além da segurança de podermos atende-la rapidamente quando necessário, eu conseguia dormir com mais tranquilidade sabendo que se ela fizesse qualquer ruído, eu prontamente escutaria.

Tínhamos a intenção de deixá-la ali por uns dois meses, mas estendemos o prazo pelo puro prazer de poder vê-la dormindo tranquila, com a barriguinha para cima e os bracinhos abertos, toda relaxada.

A licença maternidade estava terminando e ainda teria mais trinta dias de férias antes de voltar a trabalhar e estava preparando Alice para dormir em seu quarto.

Durante o dia eu a deixava dormir no berço e ela já reconhecia o móbile sobre ele e batia as perninhas e os pezinhos quando ouvia a música tocando enquanto o brinquedo girava.

Era uma menina alegre que sorria para todos os que brincavam com ela. Chorou com dor-de-barriga apenas alguns dias e a levamos ao pediatra desde os primeiros quinze dias e depois, em duas consultas mensais e em todas, o pediatra deu nota dez nos testes.

Não tínhamos motivos para preocupações. Ela estava segura e muito bem cuidada. Não nos preparamos para o que aconteceu.

Desde o nascimento de Paulo que desenvolvi a sensibilidade de acordar por qualquer ruído que ele fazia, mesmo depois de ter ido para o seu próprio quarto. E foi assim também com

Thiago. Uma tosse, uma fala dormindo, uma respiração diferente e eu, em questão de segundos, já estava ao lado deles, verificando se estava tudo bem, se estavam respirando ou precisando de algo. Acho que isso é coisa de mãe.

O mesmo acontece com Alice. Ela está ao meu lado, em seu berço, mas se respirar diferente, acendo a luz e checo se está tudo bem.

Os dias estão quentes e eu a deixo com pouca roupa por que ela transpira muito, então, costumo me levantar na madrugada para verificar se ela está bem, se precisa ou não de agasalho.

E foi isso que fiz nesta madrugada. Acordei por volta das duas horas e verifiquei como ela estava. Estava bem e fiquei um tempo observando o seu peito, embaixo de uma camisa leve de cambraia se mover com a sua respiração. Os olhinhos fechados me deixam ver os longos cílios herdados do pai e a imagino adulta, orgulhosa deles, usando rímel apenas para dar um destaque a mais. A boca está ligeiramente aberta e não resisto e aproximo meu dedo para sentir o ar morno saindo. Ela é linda e uma mecha rebelde de cabelo escuro já caí pela testa me deixando prevê que ela terá cabelos ondulados. Ela está bem e segura, posso dormir um pouco mais, pelo menos até a mamada das três horas, quando ela costuma reclamar de fome. Me deito já preocupada com a hora e acordo um pouco antes das três. O rádio relógio informa que faltam cinco minutos. Temendo dormir, me levanto e me preparo para dar o peito, antecipando a higiene antes dela reclamar. Ela não reclama e estranho, ela sempre reclama nas horas certas. Penso que, talvez, ela já está deixando as mamadas da madrugada. Três e dez, não resisto e vou pegá-la.

Estranhamente ela está fria. Aparentemente ela está dormindo, mas está muito fria, quando ela deveria estar bem quentinha por causa do calor. Ela não respira também. Chamo por Jorge e ele prontamente se coloca ao meu lado. Estamos pasmos e eu sinto que vou desmaiar. Isso não é verdade.

Ouço meu marido chamando uma ambulância e em seguida ligando para o pediatra. Eu não desmaiei, fique com ela abraçada, enquanto andava pelo quarto como se, se eu a ninasse, tudo seria diferente.

A ambulância chega e atende minha menina. Jorge me ajuda vestir uma roupa e vamos juntos na ambulância. Eles tentam ressuscitação e procuram por uma veia para colocar um cateter.

Ficamos em silencio, não queremos atrapalhar. Rapidamente chegamos no hospital e o atendimento é rápido. Nosso médico chega e nem fala conosco e corre para a sala de urgências. Não podemos entrar e esperamos fora, numa angústia tão grande que é muito difícil de explicar. Jorge até tentou perguntar o que aconteceu, mas não respondi, precisava de silencio para poder pedir os céus, aos deuses, para Deus e todos os santos, a vida de minha filha.

Dois minutos depois o pediatra veio dar a notícia de que Alice já estava morta quando foi atendida e completou que somente uma autópsia poderia dizer o que houve, uma vez que, aparentemente, não havia sinais de violência contra ela.

O pesadelo que começou às três horas da madrugada durou muitos dias ainda. Inquérito policial, autópsia, entrevistas com o serviço social e psicólogos, meus filhos sendo entrevistados também, minha vida e a de Jorge sendo revistada e revisada.

Mas, naquele momento que o médico deu a notícia que apenas confirmou o que sabíamos, eu senti que estava morrendo e que jamais me recuperaria.

Jorge se agachou no chão e chorava, ou melhor, gritava, abraçando as pernas. Uma enfermeira se aproximou dele e aplicou uma injeção.

Eu senti que já não respirava e quando pensei que fosse o fim, minha mãe me abraçou e cantou uma canção novinha em folha e não permitiu que eu entrasse na escuridão.

E então eu voltei para cuidar de meus meninos. A vida é como ela é, minha mãe falou, então vai e faz o teu melhor. Era o que eu tinha que fazer e fiz.

PARTE ONZE

Trabalhei por tantos anos na mesma empresa que me era quase impossível não pressentir que algo não estava bem. Nossos números continuavam muito bons, mas éramos só uma filial que não podia atender as dificuldades de todas as empresas do grupo, especialmente da matriz, uma devoradora de lucros.

Foi então que, na reunião quinzenal fomos agraciados com a presença do presidente do grupo, um homem bastante jovem, sempre antenado com os acontecimentos, dono de opiniões que eram veiculadas na imprensa e que, publicamente, defendia a ética profissional, mas que, internamente, constantemente tropeçava nela.

Não era comum sua presença nesta reunião e todos estavam ansiosos por conhecer o motivo dela nesta manhã.

E assim, ficamos sabendo que a empresa estava em vias de pedir Recuperação Judicial e, no plano que deveria apresentar para atender a necessidade jurídica, a venda de algumas filiais, fazia parte. Nossa filial, com a excelente avaliação de mercado e, consequentemente, interessados em comprá-la de imediato, era a melhor opção que a diretoria tinha para fazer frente ao desafio de reerguer a empresa, segundo o presidente.

E completou que os possíveis compradores faziam questão de manter o grupo executivo no comando da filial e que, pelo menos momentaneamente, não haveria redução do quadro de colaboradores.

Apesar de tudo parecer tão claro e certo, a notícia caiu feito uma bomba no *staff* da empresa.

Como a reunião acontecia numa sala contígua à minha, esperei que todos se retirassem, inclusive o presidente, que era um fumante inveterado e foi até a cobertura para acender o cigarro, e fui até minha mesa de trabalho, sem saber muito o que fazer e comecei a mexer nas pastas com papéis que eu guardava para revisar num momento em que eu tivesse tempo, o que, raramente, acontecia.

Nada da primeira pasta tinha importância, então, tudo foi para um monte para ser picotado e encaminhado à reciclagem.

A segunda andava no mesmo ritmo até que encontrei um guardanapo de papel com o numero de um celular e um nome: Victor.

Foi num daqueles cinco minutos na padaria, que ele me entregou o guardanapo que eu segurei como se fosse uma brasa ardendo. Só vi o que continha, quando voltei para a empresa e, preocupada em ser descoberta lendo o número de um celular de um homem, enfiei na primeira pasta que estava na minha frente e depois a guardei na gaveta. Por cima dela, outras pastas vieram e a protegeu por tantos anos.

Por quanto tempo eu mantinha papéis, normalmente inúteis, guardados para passar por uma inspeção? Eu gostava de limpar arquivos e rasgar papéis velhos quando eu me encontrava com dificuldade para resolver algum problema e fazer isso me acalmava. Por isso eu guardava rascunhos, contratos ou quaisquer documentos que em algum momento fora útil, para ser revisados e rasgados quando eu precisasse aliviar minha tensão. Ao pensar nisso, comecei a rir da situação. Eu estava tensa por causa da situação da empresa e rir foi o escape que aconteceu e tudo piorou com o meu achado, destravando o meu controle. O jovem presidente me encontrou chorando de tanto rir e, é claro, foi estimulado a rir também, mesmo não sabendo o motivo. Quando consegui me acalmar, tinha ganas de estrangular o homem à minha frente e a custo me contive.

E pior do que me conter foi inventar um motivo que fosse adequado para o meu riso desenfreado. É claro que o que consegui não foi suficiente, ´mas não importava. Ele tinha muito a falar e foi direto ao assunto. Eu poderia me mudar para São Paulo e fazer parte da diretoria da empresa que seria, após a tempestade, a maior empresa do ramo no Brasil e, provavelmente, também do exterior. E isso não me convenceu, então, o meu não, não foi pensado, estudado, opinado pela família ou por amigos. Foi um não para me ver livre da presença daquele homem que estava me impedindo de relembrar um dia do passado quando a mão de Victor tocou levemente a minha ao entregar um pedaço de papel com um número que jamais decorei e nunca mais pensei. O que ficou daquele dia foi o toque delicado das mãos e o olhar que me embriagava e me tirava o chão.

E mantive o meu não mesmo depois de avaliar que minha história particular estava intrinsicamente ligada à minha carreira na empresa. Comecei lá assim que me formei e logo me casei. Entre uma gravidez e outra, fui promovida. O luto me atingiu intensamente quando eu já estava no penúltimo degrau da carreira. E agora, rompo com a empresa depois do meu casamento acabar. A vida é como ela é. Não há coincidências, apenas histórias entrelaçadas.

Depois que o presidente se foi, abri o papel e toquei meus lábios nele. Eu não sou mais a jovem mulher que se embriagou num olhar, mas sinto a pulsação de meu coração quando olho para as letras relaxadas na escrita dos números e que muda no momento de escrever o nome, como se isso fosse o mais importante, o que não deveria ser esquecido.

E sinto que devo chorar por alguma coisa que não seja o mais jovem filho de Jorge, o meu futuro profissional incerto, meus filhos que já se tornaram homens feitos ou ainda, minha cama vazia de companhia. Então, anoto o número de Victor no meu celular, e dou-lhe outro nome. Ainda tento justificar minha incapacidade de assumir que falhei na minha integridade: um dia eu amei outro homem e mesmo que tudo se resumiu a olhares e um papel com um número anotado, eu o desejei com toda a força do completo que sou eu: corpo, alma. espírito e mais qualquer outra parte que se possa ter. Bem diferente de Jorge, que apenas transou uma única e azarada vez com outra mulher e nunca a amou. Quem traiu quem?

Depois, apago as luzes e saio deixando para trás o meu trabalho, as muitas memórias que tenho dali e muitos jovens me olhando sem entender o que está acontecendo. Queria muito que estivesse chovendo para me molhar e chorar sem ninguém perceber, mas o sol está brilhando num céu de brigadeiro e eu seguro o choro, como já fiz tantas vezes, e vou caminhar na beira-mar.

PARTE DOZE

Quando eu disse aos meus filhos que eu e o pai deles, que presente na reunião, estávamos nos separando como marido e mulher e não como pais, eu o fiz sem deixar transparecer qualquer resquício do que eu, realmente, estava sentindo e até sorri, gentilmente, para o homem em minha frente e pedi para ele contar aos meninos a novidade. Ter um novo irmão foi, no primeiro momento, um choque para eles, principalmente por que não nasceria da minha barriga, mas eles amavam o pai e o fato dele ter saído da linha foi perdoado, senão de imediato, logo depois.

Eu já tinha conhecimento dos fatos por tempo suficiente para analisar toda a situação e me posicionar a favor da separação.

Entre mim e a moça grávida havia uma pessoinha inocente que merecia nascer bem, com o apoio dos pais e isso significava que Jorge precisava estar mais presente do que, segundo ele, pretendia, nesta relação. E havia todo o lado legal disso. Ele assumiu, desde o início, sua responsabilidade e eu o conhecia muito bem para saber, que apesar da dor da separação, pois estava sofrendo de verdade, ele daria a esta criança o mesmo amor que deu e dava aos seus filhos naturais. Para ele, não seria reconhecer a paternidade e sim ser pai. Eu quis a separação não por que queria facilitar a vida dele e sim para que eu não sofresse dias a fio pensando no que poderia ser uma nova relação para ele a qualquer momento. E não queria que meus meninos fossem afetados, possivelmente, por minha culpa, por nossa relação ser tornar insidiosa, fadada à pequenez pela falta de perdão. Eu não conseguia perdoá-lo por que me tornei uma pessoa que não tinha consideração consigo mesma. Eu também não me perdoava e a culpa me deixava sem lucidez para analisar com clareza a realidade do meu casamento.

O tempo mostrou que eu fiz o que era certo naquele momento, apesar da minha motivação. E quando Pedro nasceu, Jorge não morava mais na casa que compramos juntos tantos anos antes e que agora estava rodeava por pequenos prédios de apartamentos apertados que encobriam quase que totalmente a natureza ao redor. Eu via a cicatriz latejante do morro, com as luzes dos faróis dos carros, rodando sobre ela sem qualquer sentimento e não via nada mais dos verdes claros e escuros da mata densa e me perguntava o que teria acontecido com a árvore que só eu conseguia enxergar.

O menino nasceu durante o dia e meus filhos foram com o pai comemorar sua chegada. Eu fiquei em casa, era sábado, sem qualquer outro sentimento a não ser um agradecimento muito contido por esta criança ser um menino. Eu penso que, se fosse uma menina, eu teria sofrido muito mais. Embora meus filhos tivessem me contado o sexo do irmão desde o primeiro ultrassom, eu temia ser um erro no resultado e que, para me castigar por minha traição (eu sempre achei que traí meu marido com Victor), a lei de retorno que muitos falavam, dariam a Jorge outra menina, já que a vida lhe havia tirado nossa Alice e me puniria por isso.

É claro que estas questões me ocorriam num nível quase inconsciente e eu só tomava conhecimento do que acontecia por lá quando eu mesma confrontava algumas verdades que surgiam, principalmente à noite, quando não conseguia mais dormir como antes.

E como não tinha mais meu amigo Jacob por perto, comecei a conversar com seu sucessor no lugar ao meu lado no ônibus especial, Omar, que me dava notícias de Jacob e nunca deixava claro sua presença no mesmo horário dele, todos os dias, no ônibus. Uma vez ele disse que tinha substituído Jacob no banco, onde ele dava atendimento para clientes especiais, com as contas mais altas. Certo dia, ele me falou que tinha se formado em direito, na Inglaterra, embora sua origem era certamente árabe, e que, desde que se formou, trabalhava como assessor ou algo parecido para alguém importante de origem, também, árabe, que tinha grandes investimentos no Brasil e que aceitou trabalhar no banco por que tinha muitas horas vagas. Ele dizia que o tal homem era da sua terra e eu, por minha conta e risco, acreditei que a terra era o Marrocos e nunca lhe perguntei se eu estava certa por que achava que ele havia dito isto quando fomos apresentados. De qualquer forma, ele tinha aquele ar de mistério que os árabes trazem no semblante e confesso que isso não me deixava totalmente à vontade como quando eu falava com Jacob, que também tinha um ar de árabe mas gostava de feijoada, quero dizer, ele casou-se com uma brasileira, teve um filho com ela e morou alguns anos no Brasil e não usava barba.

Além do mais, Omar era bem mais jovem do que Jacob e era estranho um homem bonito e elegante morar sozinho tão longe de casa. Ele nunca mencionou ter deixado mulher e filhos para morar aqui. Apenas dizia que logo que completasse o seu trabalho, ele retornaria para a sua família e complementava que seu pai o esperava ansioso.

Eu sempre tive um certo temor em tratar com árabes muito antes da disseminação de que todo árabe é um terrorista e não era por acreditar nesta mentira e sim por causa das histórias de minha tia que falava do meu pai como se ele fosse, de fato, árabe. E o seu desaparecimento misterioso sem qualquer explicação, sempre me pareceu algo sinistro e era uma daquelas memórias que eu havia embalado bem e escondido no mais fundo do meu inconsciente e, sempre que eu pensava em me aprofundar em alguma conversa com Omar sobre sua família e origem, eu recebia um alerta de que poderia ter uma notícia desagradável e dolorida e assim, mudava de assunto.

No entanto, meu companheiro de ônibus não era nada assustador e sempre respondia cordialmente minhas (raras) perguntas e, quando comecei a falar das minhas mazelas no casamento, com os filhos, com minha irmã que não entendeu o porquê da minha separação pois ela achava que eu devia ter perdoado Jorge como ela perdoara seu marido nas vezes em que ele a traiu, da imensa dor e saudades de Alice, ele sempre se mostrava atencioso e, por fim, quando falei de Victor e do meu amor platônico por um desconhecido, notei nele uma ligeira mudança no olhar, como se, finalmente, eu chegara ao que realmente interessava.

É verdade que ele se mostrou emocionado quando falei do grande vazio que o luto me deixou e até fez um gesto inédito que foi segurar minhas mãos por um momento, mas quando falei de Victor, o que percebi foi entusiasmo e esperança e isso me deixou desconfortável por não entender o motivo dele repetir por duas vezes: sim, Victor! Victor!

Passei alguns dias sem mencionar Victor. Temia aquela reação que classifiquei como fora de propósito e, quem voltou a falar dele, surpreendentemente, foi meu amigo que, sem qualquer preâmbulo perguntou se eu estava me encontrando com ele.

Fiquei sem graça, pois eu havia dito que era coisa do passado, que nunca houve qualquer relação de fato e, achei então, que ele não tinha entendido o que acontecia comigo e fui franca com ele, dizendo que eu achava que ele havia compreendido e que sabia que isso parecia uma coisa fútil e sem importância, mas que tinha me marcado profundamente e que eu sentia muita culpa.

Ele me ouviu sem interromper e depois disse que havia compreendido perfeitamente e sabia que a lembrança me causava dor e que isso não poderia me impedir de encontrá-lo, não, obrigatoriamente numa relação, mas em encontros casuais e sem qualquer envolvimento. E resumiu perguntando o que eu sabia dele atualmente: onde morava, o que fazia, se tinha família e se ele pensava em mim. E ficou, realmente, surpreso quando eu disse que não tinha qualquer ideia a respeito da vida atual, assim como não sabia nada a respeito do passado.

Enquanto eu falava estas coisas para ele, a dimensão do quanto era absurda minha insistência na ideia de que o que eu senti era amor, me saltou aos olhos. E, vendo o balançar de cabeça do meu atento ouvinte, com aquele ar de ter ouvido um louco falar, decidi que isto não afetaria mais minha vida. Este episódio já estava tão distante da minha realidade que até para mim parecia ser um **trailer** de um filme romântico que de tão ruim, não passava mais nem na sessão da tarde da televisão. E antes que eu dissesse isso a ele, meu ponto final chegou e eu desci do ônibus.

PARTE TREZE

Minha mãe nunca nos castigou. Era firme em suas decisões e não abria espaço para discussões e birras. "Não" era não e "quando eu puder eu compro" era, de fato, uma promessa que ela cumpria na primeira oportunidade. A vida dura de trabalho dia após dia para criar duas filhas não tirou dela a esperança de dias melhores e o riso imenso, nem, tampouco, a meiguice.

No verão, vivíamos pela praia, vendendo os quitutes que ela preparava com todo o cuidado. Seu capricho era tanto que, na hora cozinhar, o que só era feito depois de uma faxina a rigor, eu e minha irmã não podíamos entrar na cozinha sem o risco de uma reprimenda e ficávamos no único quarto de nosso apartamento alugado, assistindo televisão de tela bem pequena, menor até do que a tela do computador de meus filhos. E víamos o gato correndo atrás de um lindo rato em preto e branco e sentindo o cheiro de coisas gostosas sendo preparadas.

Depois de tanto trabalhar, conseguiu o sossego de uma vida tranquila. As filhas casaram, segundo ela, muito bem, de véu e grinalda e a fizeram avó. Ela nunca nos abandonou e sempre esteve conosco nos bons e nos piores momentos.

Com o tempo, a brancura de seus cabelos e as profundas rugas reduziram um pouco as grandes risadas e trouxeram-lhe uma melodiosa calma na fala que nunca perdeu a origem.

Na minha infância, ela era o meu modelo perfeito para eu ser quando crescesse. Tive um ano ruim no início da adolescência e a incomodei com perguntas e mais perguntas a respeito do meu pai, as quais ela nunca respondeu. Por causa disso, vivi este período com um pouco de rebeldia e até fumei escondido, o que a fez chorar muito quando descobriu e, então, um dia ela me disse que se eu precisava disso para me sentir uma pessoa, então eu deveria seguir assim e me levou a um boteco e mandou eu escolher um maço de cigarros. Por alguma razão isso foi melhor do que uma surra. Ela entender, na sua simplicidade, que eu queria ser alguém novo, com minha própria identidade, sem me confundir com o modelo que escolhi na infância, me trouxe de volta para junto dela e de onde não saí nunca mais, mesmo depois de casada.

E quando ainda não pensávamos que o futuro já havia chegado, recebemos uma ligação de um hospital avisando que ela estava internada.

E assim, como um momento que passa sem percebermos, ela fechou os olhos depois de um sorriso e se foi. Sem questionamentos profundos, sem nunca perder a esperança, sem nunca abandonar seus amores. Ela nunca deixou de amar meu pai e por isso nunca mais teve outro homem, pelo menos como companheiro de vida, foi sua confidência ao pé de meu ouvido e falou para a minha irmã que ninguém desejou mais ter uma filha do que ela, quando engravidou. Este foi seu jeito de se despedir, de deixar a esperança conosco.

Enquanto se cumpria os rituais, tão importantes para expurgarmos um pouco nossa dor, eu a imaginei numa dimensão onde tudo era belo, claro e florido. E onde ela caminhava de mãos dadas com Alice, agora já crescida (minha filha crescia a cada ano em minha imaginação), com uma mecha de cabelos negros caindo pelo rosto, e, de vez em quando, paravam para tomar água de uma fonte de águas límpidas. Elas seguiam em frente. Era isso o que tinha que ser feito, sem olhar para trás.

E por muitos dias depois, minha mãe e Alice numa dimensão maravilhosa, ajudaram-me a suportar a dor da perda. E de não desistir diante da enxurrada de lembranças, as mais amargas que uma mãe pode ter, que me tomou de assalto e me deixou trancada em meu quarto, sem querer nem mesmo a presença de meus filhos, menos ainda a de Jorge, que se prontificou a ficar comigo como apoio e esperou paciente eu sair do quarto.

Eu fechava os olhos e tentava lembrar de ter ouvido um gemido de Alice no berço ao meu lado. Nada. Só silencio. Não houve qualquer ruído, qualquer manifestação de que algo estava errado. Eu cumpri com todas as regras: ela arrotou antes de dormir e estava de barriga para cima. Não estava exageradamente agasalhada. Não havia corrente de ar. A temperatura do quarto estava em, mais ou menos, vinte graus, pois o ar condicionado da sala, ficara ligado e a porta do quarto aberta para ser refrescada indiretamente, o Moisés de Alice estava recoberto com um mosqueteiro para impedir a entrada de qualquer inseto, mas não a entrada do ar e eu estava atenta. Eu vira seu pequeno peito arfar delicadamente, como sempre, menos de uma hora antes. Senti seu hálito no meu dedo. Eu vi minha menina perfeita dormindo tranquilamente e acreditei que tudo estava bem. Por que não tive a famosa intuição de mãe de que algo iria falhar e que eu precisava ficar ali, ao lado dela, para impedir o mal de levá-la?

A vida é como a vida é, minha mãe me disse. E a vida me trouxe sua realidade sem qualquer piedade.

Eu não acreditava que o pediatra de meus filhos, que me conhecia muito bem, estava me falando que não encontram sinais de violência em minha menina, que só a autópsia poderia ajudar dar mais informações e que outros exames iriam determinar se houve envenenamento.

Meu marido, depois de medicado, precisou ficar em observação e deixei minha mãe para receber os familiares que chegariam e fui para casa acudir meus filhos que deviam estar desesperados e sozinhos. Não foi fácil ser mãe deles naquele momento. Confortá-los quando meu mundo estava encoberto por uma nuvem negra foi tão difícil como entrar no meu quarto e encarar o bercinho de minha filha e cumprir um ritual que começou naquela noite e durou mais alguns dias: me auto ordenhar. Meus peitos queimavam por que havia passado a hora da mamada e eu tinha que dar um jeito e o fiz espirrando o leite na pia do banheiro que claro, se misturava com minhas lágrimas. Antes da segunda ordenha, eu meu preparei para guardar o leite colhido e doar para a maternidade onde Alice nasceu. Era só o que eu podia fazer. Além do enxoval e do seu leite, nada mais poderia ser doado. Seus órgãos perfeitos, sem qualquer adulteração, como ficou comprovado na autópsia, não puderam ajudar outra criança.

Todos os exames feito não apresentaram qualquer problema. Nada indicava que ela tivesse sofrido abusos, violência ou envenenamento. Ela simplesmente parara de respirar. Não sofreu nada e não deixou qualquer indício do motivo para uma coisa assim acontecer.

Mesmo com todas as provas de que minha Alice sofreu o que se chama de Síndrome da Morte Súbita, cuja causa ainda não é conhecida pela medicina, a polícia não nos deixou em paz e foi aberto um inquérito para investigar se houve imperícia da parte da família no cuidado da lactente.

Precisamos de um advogado que tentou atenuar a devastação que é enfrentar algo assim.

Um juiz atendeu de imediato o pedido da equipe de investigação para um mandato e com isso, minha casa foi revirada, literalmente, por desconhecidos.

Levaram com eles, entre muitas coisas, mamadeiras de chá, chupetas que nunca foram usadas e coisas que acharam no lixo da casa e que poderiam indicar um crime, além das roupas usadas no berço dela, que retinha seu último suor e que seria a minha eterna lembrança de sua presença em minha vida. E não adiantou eu chorar, implorar e me ajoelhar. Era a lei e tinha que ser feito.

A lei também sujeitou meus meninos a um infindável interrogatório, primeiro da polícia, na nossa presença e do advogado, e como não conseguiram nada (do que eles achavam que tinham que conseguir), um assistente social foi acionado para fazer uma avaliação e desta vez, sem nossa presença.

Nem sei quantas vezes repeti o que aconteceu naquela noite. Foram tantas as vezes que por fim, eu mesma achava que tinha algo errado, que eu estava esquecendo algum detalhe. E depois que tudo passou, eu revia aquela noite quadro a quadro tentando encontrar o momento em que falhei, que a deixei escapar. E essa foi a maior tortura.

Nunca fiquei satisfeita com o resultado. Por mais que estivesse zangada com o pediatra, quis que ele acompanhasse a autópsia e fiz com que ele me contasse todos os detalhes. Exigi uma cópia do resultado e a li inúmeras vezes.

Por mais que os investigadores se infiltraram em nossas vidas trazendo um enorme desconforto, eu sempre torci para que eles encontrassem o motivo.

E quis muito que o assistente social me chamasse para uma conversa e me mostrasse o meu erro.

Eu precisava de um motivo, de um culpado, de algo em que pudesse cuspir minha dor para pungir ferozmente e purgar minhas culpas. Não, eu não a matei, eu sempre soube disso, mas não impedi que isso acontecesse. E além de perder minha menina, permiti que minha família fosse violentada quando mais precisavam de isolamento e força para superar a dor. E mesmo que eu tenha tentado me manter, aparentemente, inteira para eles, não acredito que eles acreditaram em mim. Sabiam que eu lhes apresentava uma mentira de mim mesma. Sabiam que eu estava destruída. Mesmo assim continuaram a me amar, a me abraçar e nunca reclamaram do que estavam vivendo.

E então, minha mãe também se foi e o mundo perdeu a luz. Eu sempre soube para onde correr quando precisava de força. Ela era meu refúgio que nunca me deixou sem a palavra certa, o silencio necessário, a risada estimulante.

E eu que não era, de maneira alguma, religiosa, agora imaginava dimensões de vida, lugares superiores onde a dor não tem entrada e a vida é eterna. Era ali que minha filha esperou por sua avó e juntas esperariam por mim. E com esta esperança, abri a porta de meu quarto e aceitei o abraço de minha família, decidida a superarmos juntos este momento.

PARTE CATORZE

Eu queria muito ter feito uma grande festa no aniversário de Paulo, meu filho mais velho, em janeiro, quando ele completou quinze anos, mas ele não quis. Então, saímos em família, incluindo primos, tios e Pedro, seu irmão mais novo, para jantar fora e cantamos parabéns por lá mesmo. Foi divertido e, embora ele fosse ganhar nosso principal presente no mês de agosto, uma viagem de dez dias para Orlando, sem nossa presença, Jorge resolveu dar também um *notebook*, e eu, sabendo que ele faria isso, comprei um celular para ele, só para equilibrar as coisas!

Paulo preferiu a viagem em agosto por que, além de melhores dias da temporada de verão, um grupo de amigos fariam a viagem juntos. Eu não sabia se isso deveria me dar alívio ou me deixar mais preocupada ainda. Mas ele precisava de espaço para crescer e eu precisava sair da frente e deixá-lo amadurecer, sem fazer sombra.

Ele estava se tornando um jovem bastante atraente e extrovertido. Tinha um olhar perspicaz e apreendia rapidamente detalhes de qualquer situação em que estava envolvido e quando necessário fazer um relato, era conciso, de forma clara e limpa. Apesar de considerarmos que ele pendia para um curso superior em ciências exatas, justamente por sua facilidade em lidar com análise de dados, ele costumava nos dizer que queria cursar filosofia.

Jorge, conhecendo seu potencial, o convidou para fazer um estágio na empresa. Seria um trabalho simples, de duas horas diárias e consistia em analisar dados em cadeia para dar subsídios na elaboração de processos cognitivos no desenvolvimento de Inteligência Artificial.

O trabalho consistia em analisar centenas de dúvidas, reclamações, observações e até elogios de clientes através de Serviço de Atendimento ao Cliente de diversas empresas, consolidar os dados e enviá-los aos programadores.

Em pouco tempo ele planilhou todos os dados disponíveis das empresas conveniadas e iniciou uma pesquisa pela internet em busca de mais informações para reforçar o trabalho.

E foi assim que ele começou a trabalhar com o pai e esqueceu que pretendia cursar filosofia. Quando prestou vestibular, sua opção foi por engenharia da computação.

Agosto chegou e, finalmente, a sonhada viagem para Orlando estava próxima. Seria a primeira vez em que ele estaria sem os pais. Depois da separação, as férias eram dividas e, normalmente, eles viajavam com o pai para lugares com mais aventuras e comigo os passeios eram mais tranquilos como praias ou campos. E eles aproveitavam bem os dois lados e nunca reclamaram.

Com toda a euforia que antecedia a viagem, Thiago começou a dar mostras de que não estava gostando da atenção mais acentuada ao irmão. No ano seguinte seria a sua vez de escolher o que fazer em seu aniversário de quinze anos, mesmo assim, ele começou a ter um comportamento muito diferente do normal.

Primeiro notei que ele passava muito mais tempo em seu quarto e não compartilhava mais da euforia do irmão com a viagem. Eles estavam sempre juntos: estudavam na mesma escola, gostavam dos mesmos jogos e tinham muitos amigos em comum e quando Paulo disse que queria viajar, ele foi o primeiro a aplaudir.

Para viajar sem afetar o ano letivo, os aniversariantes fizeram um acordo com a escola e adiantaram as matérias desde o início do ano e, como já estavam adiantados o bastante, tiveram dois dias livres antes da viagem para que pudessem se organizarem com tranquilidade.

Thiago, por sua vez, estava cumprindo o horário normalmente e foi uma surpresa quando recebi a ligação da escola perguntando se ele estava doente pois não havia comparecido às aulas naquele dia.

Pagávamos uma escola particular que oferecia uma ótima estrutura pedagógica e cobrava um preço bem caro por esta atenção e o monitoramento individual de seus alunos constava do *curriculum*.

Pela manhã, saímos os três no mesmo horário. Nesta época, os meninos não usavam mais o transporte escolar e iam de ônibus convencional para a escola e, embora Paulo não tivesse aula, ele ia para a empresa do pai que ficava alguns pontos depois da escola. Eu usei o ônibus especial e fui para o Centro trabalhar, mas depois do telefonema, não consegui me concentrar em nada. Liguei várias vezes para casa pensando que ele poderia ter voltado, por algum motivo, e ninguém atendia. Falei com Paulo, que já tinha um celular e ele nada sabia. Falei com Jorge que também não tinha informações e se prontificou a ir até a escola e região para tentar descobrir algo.

Por fim, como ninguém conseguia notícias precisas de Thiago, chamei um taxi e voltei para casa, embora eu soubesse que isso de nada adiantaria, mas queria estar lá quando ele voltasse ou de prontidão para qualquer eventualidade.

As horas foram passando e ele não voltou e nós já havíamos feito tudo o que era possível para localizá-lo. Eu me lamentava por, ainda, não ter dado um celular para ele. Sempre tentei fazer o mesmo para cada um, a seu tempo e no mês seguinte ele receberia o presente, em seu aniversário.

Tentamos registrar um boletim de ocorrência, mas não conseguimos. Tinha um prazo de espera e, por gentileza, o delegado de plantão pediu-nos uma foto e disse que "ficaria de olho" enquanto estivessem fazendo patrulhamento. E foi por isso que, por volta das quatros horas da tarde, eles nos ligaram para dizer que tinham encontrado os garotos. Assim mesmo, no plural e que podíamos ir até a delegacia que eles estariam nos esperando.

Não dá para explicar o alívio por saber que ele estava vivo. O resto se resolveria, mas a vida, ah! A vida, esta é sagrada!

Na delegacia, ele, que saíra de casa vestindo o uniforme, estava com uma bermuda e sem camisa, assim como seus dois amigos. A grande surpresa é que os três estavam cheirando bebida alcóolica e nos olhavam com aquele ar atrevido, como se ali não houvesse mais os restos de uma infância tão recente e nos provocaram perguntando se achávamos que eles eram crianças.

Eu não me contive e pensei em lhe dar alguns tapas que, me pareceu, faltaram na sua educação, mas quando me aproximei dele e senti a sua vida vibrando, não me contive e o abracei. Demorou um pouco e ele cedeu e achei que tinha recuperado meu filho.

Mas não o recuperei ali. Foram meses de atenção contínua, de muita conversa para que ele colocasse para fora uma dor que insistia em fazê-lo mau e indisciplinado. Ele demorou mais, até mais do que eu, para superar a morte da irmã. E ele tentou mascarar a dor com bebidas e drogas e quase o perdi também. Fez terapia, reabilitação e por fim, conseguiu sorrir novamente e continuar sua vida.

E um dia, quando ainda não havia se formado na faculdade, ele me apresentou a noiva com quem se casou um ano depois, assim que se formou e foram morar na Alemanha, onde ambos, continuariam os estudos até o doutorado na área de tecnologia da informação e ganhariam a vida prestando serviços para a empresa de Jorge que, afinal, continuou tendo os filhos como seus melhores aliados na vida e na empresa e assim, Berlim, na Alemanha se tornou o novo lar para meu filho e a esposa onde moram perfeitamente adaptados.

Paulo voltou de Orlando e percebi que ele se tornara mais maduro. Havia deixado de raspar os poucos pelos do rosto e agora uma sombra clara ameaçava virar barba de verdade, deixando-o menos menino e desabrochando um belo homem e isto me comoveu. Logo eu iria sentir saudades das brincadeiras de meninos em minha casa. Isto era certo. E era também a constatação de que, afinal de contas, eu fizera o meu trabalho de cuidar deles. Sim, eu cuidei.

PARTE QUINZE

É sexta-feira e a noite promete. É dia de sair com as amigas e com elas a diversão é garantida.

Formamos um sexteto que se conhecem desde a faculdade e, pelo menos uma vez ao mês nos encontramos com o grupo completo e, quase todo o fim de semana, aquelas que não são casadas ou não tem outras prioridades, como é o meu caso depois que os filhos cresceram e tomaram seus rumos, saímos para assistir um filme, uma peça de teatro ou passar algumas horas num conhecido bar da cidade, aproveitando uma **jam session** e o bom e velho **rock and roll** ao vivo.

Além de nossos encontros, onde maridos ou namorados não são permitidos, nos vemos em outros momentos também. É comum almoços entre as famílias e comemoramos com festas os aniversários e datas especiais. Elas são minhas amigas, conversamos sobre tudo. Tudo? É claro que não. Eu tenho segredos até de mim mesma que, por vezes, só descubro quando abro a boca é são confessados à parceiros de bancos de ônibus especiais, como Jacob, que está doente em Londres ou Omar, o homem de olhar misterioso e de comportamento mais ainda.

No entanto, elas são muito importantes na minha vida. Elas acompanham de perto minhas dores visíveis, choram comigo, me abraçam e apoiam minhas decisões mesmo quando um tanto obscuras.

Foram elas que me tiraram de dentro de casa quando eu poderia sucumbir à dor por perder minha filha. Quando Thiago se entregou às drogas, elas abriram as portas de suas casas para o receber quando estava drogado, num projeto lindo, onde amigos apoiam os pais para que eles tenham tranquilidade em lidar com esta situação, assim como eu também abri minha porta numa situação parecida com uma delas. Quando meu casamento acabou, elas me deram as mãos e brincaram comigo, me chamando para "caçar homens". E quando brigamos, nossas birras não duram horas ou dias como acontece entre mim e minha irmã. Logo esquecemos e partimos para uma nova discussão sem ressentimentos.

Por isso, gosto de me arrumar para sair com elas. Depois de um bom banho, visto uma roupa bonita, melhor quando é nova, para estrear numa noite especial.

Gosto do que vejo no espelho de corpo inteiro. Passei dos quarenta anos e estou muito bem. Ser mãe por três vezes não abalaram demais o meu corpo e ainda uso o mesmo manequim desde a faculdade.

No alto dos meus um metro e setenta cinco, me sinto poderosa. Sim, eu sou alta para os padrões brasileiros e gosto de salto que uso quase como uma extensão de mim mesma, o que significa que acrescento mais alguns centímetros na altura.

Tenho, num aparador da minha casa, uma foto minha com minha irmã. Ela tem um metro e sessenta e seis de altura, delicada e loira com os olhos bem azuis. Os cabelos crespos emprestam-lhe um ar angelical e o que restou de minha mãe naquele rosto é apenas a boca, feita para sorrir.

Eu, morena, com os cabelos lisos e quase negros, que sempre estou clareando numa tentativa de suavizar meus traços que não negam a mistura de raças, com os olhos quase verdes, um pouco amarelados, semelhante a um gato, quando a luz incide sobre eles. Meu nariz é anguloso, um tanto aquilino, mas se equilibra com os ângulos de meu rosto que, quando de perfil, lembra minha mãe, mas olhando de frente, sou parecida com alguém que não sei nada a respeito. Admito que sou bonita, de uma maneira um tanto exótica e gosto de minhas curvas. Para mantê-las, vou a uma academia.

Na foto, ao lado de minha irmã, pareço avassaladora, mas isso não reflete a minha realidade, por que sou uma pessoa dócil e serena, exceto quando se trata de rock, prefiro a guitarra estridente e o som dos metais!

Apesar de minha aparência, não era fácil meu relacionamento com homens antes de Jorge, pois a minha altura os afastava. Jorge, que é muito alto, não se intimidou e por isso foi fácil nosso encontro. Depois de separada, ainda não me relacionei, sexualmente, com nenhum outro homem e Victor tem sido meu parceiro nas noites de amor solitário.

E esta noite vamos assistir uma apresentação de rock por uma pequena orquestra, num teatro da cidade e depois, vamos até a Lagoa, no nosso lugar de costume, tomar algumas e rir do nosso cotidiano.

A concorrida apresentação faz fila para entrar no teatro e, com minha altura, posso acompanhar tudo o que acontece em todos os ângulos e é assim que vejo Jorge à nossa frente. Não consigo descobrir se ele está acompanhado, mas imagino que está e, se isso se confirmar, será a primeira vez que o vejo com outra mulher. Na verdade, está é a primeira vez que o vejo num evento como este e comento o fato com as amigas. Elas ficam tensas e perguntam como eu me sinto. Minto ao dizer que está tudo bem, já estamos há tanto tempo separados. A mentira também é para mim e quero, com isso, esconder que sinto um certo abalo por esta possibilidade. Não penso que é ciúmes, mas a verdade é que não é fácil ceder o que temos (ou tivemos) e que foi tão precioso. Ele ainda é precioso como o pai exemplar, que nunca me abandonou quando o chamei para ajudar. E foi um homem completo quando nos amávamos e, apesar do meu quase romance com Victor, o que ele nunca sequer desconfiou, que me levou a me esquivar dele, fugindo do meu papel no casamento, ele sempre procurou atender todas as minhas necessidades de mulher.

E na fila eu o vi de longe, atento às conversas ao redor, de vez-em-quando sorria para alguém, depois voltava a se concentrar na fila e logo ele entrou e eu sabia que em pouco tempo eu o encontraria no saguão, aguardando para entrar na sala, enquanto tomava um refrigerante ou comia um chocolate. E foi isto que aconteceu.

Ele estava lá, sentado numa poltrona, folheando o programa, lindo, vestindo-se casualmente e, aparentemente sozinho. Ele me viu e se levantou e foi me encontrar. Cumprimentou as amigas e beijou meu rosto.

É verdade que nos víamos com muita frequência quando os meninos estudavam e nos davam o trabalho próprio de adolescentes, mas agora, nossos encontros se resumem a aniversários de família, quando ambos são convidados e reuniões da empresa, da qual eu tenho uma participação de vinte e cinco por centro, fruto do acerto da separação, quando ele ficou com a maioria da empresa e eu com a casa, o que foi proposta minha e ele aceitou.

No saguão, o barulho e o pouco tempo para o início do espetáculo, não nos permitiu conversar mais e como não compramos os ingressos juntos, ficamos separados por umas duas fileira, mas eu sabia onde ele havia se sentado e o via se balançar desajeitado ao som da ótima música e da apresentação impecável.

Ele esperou-nos na fila para sairmos juntos e eu fiquei meio sem jeito com a situação quando ele me ofereceu carona após perguntar para onde íamos. As amigas, que nunca entenderam meus motivos para a separação, foram logo dizendo que achavam ótimo ele nos acompanhar e quase abriram a porta do carro dele para que eu entrasse e não me senti à vontade para dizer não. Sempre saíamos com dois carros, embora eu já tivesse comprado o meu, nesta noite estava de carona com elas e eu não tinha nenhum argumento para não concordar.

Embora a distância não fosse grande, eu não via a hora de chegar na Lagoa e quando chegamos, não encontrei minhas amigas no lugar combinado e logo imaginei que elas estavam tramando alguma coisa.

Jorge propôs caminharmos à beira da água enquanto esperávamos e quando dei por mim, estávamos nos beijando embaixo de uma árvore. Eu não sei como chegamos a isso. Era uma pequena caminhada, haviam muitos casais por ali, paramos um pouco e aconteceu. Eu senti-me derreter e desejei fazer sexo com ele.

Eu já tinha ouvido falar de situações parecidas com casais separados. A lenda é de que o sexo é muito melhor, mas o fato é que eu nem sabia mais como era transar com um homem de verdade e por isso foi tão fácil eu me sentir daquele jeito. Então me lembrei que, embora ainda não tivesse feito sexo com outro homem, eu tinha trocados beijos, alguns bastantes ardentes, com outros homens e nunca cedi. Por que, então, eu me sentia daquele jeito? E as perguntas, as malditas perguntas que sempre me assomam, iniciaram sua peregrinação em meu cérebro e percebi que aos poucos eu já não queria mais fazer sexo com ele e justifiquei (para mim e não para ele) que era por causa da traição. Traição dele? Ou minha? E de novo a mesma lenga-lenga emocional do que fiz ou deixei de fazer que me afastava de meus instintos e, naquele momento, de Jorge.

Eu, uma mulher bonita, bem informada, que sabia de muitas coisas, vivia uma história interior muito maluca.

Aparentemente eu era normal, não o era emocionalmente. Havia sempre uma vibração negra me impelindo a questionar e questionar e questionar sem saber o que era direito ou o que era avesso. Era algo que não me permitia mais aquele amor juvenil que simplesmente se entregava ao impulso do corpo. Agora, eu era algo travado, que queria e podia soltar-se, mas não fazia. E dizer não a Jorge foi como dizer não ao meu corpo, levando-o a seu castigo por tentar enganar-me com sua frivolidade. Jorge não merecia este tratamento depois de tanto tempo se compungindo pelo que fez no passado e eu também merecia ser amada e tocada por um homem, que além de me conhecer, eu sabia, ainda me amava de verdade e não era só por sexo, era pelo desejo de dividir uma vida.

Eu fugi dele naquela noite e continuei a fazê-lo por muito tempo ainda. Eu precisava ir a Paris e viver outra história antes de voltar a me encontrar em Jorge.

PARTE DEZESSEIS

Os termômetros da Beira-Mar marcam vinte e oito graus, mas a minha sensação térmica é de quarenta.

Por anos a fio passei de ônibus por esta avenida, admirando a vista inacreditável, vendo pessoas caminhando ou correndo na lateral ao mar e imaginava que a sensação deveria ser muito boa com a brisa batendo no rosto.

E hoje, estou aqui, num horário incomum da minha agenda, tentando caminhar e, depois de quinhentos metros, não consigo dar mais nenhum passo e paro, procurando um lugar para sentar-me, enquanto pessoas caminham distraidamente sem demonstrar qualquer desconforto. A diferença entre mim e elas é que estou vestida com roupas do trabalho, incluindo um salto alto e, é claro, que quando saí da empresa, depois de não aceitar a proposta do verborreico presidente da empresa da qual não faço mais parte e pensei em caminhar, eu não me lembrei destes detalhes. Então, o que me resta é voltar para o centro e decidir o que vou fazer, uma vez que não quero ir para casa, pelo menos por enquanto.

As duras condições desta pequena caminhada, apesar da bolha no pé, ajudou-me a colocar meus pensamentos em ordem.

Não aceito ir para São Paulo e assumir um cargo na diretoria da empresa por motivos óbvios. Toda a minha vida está estruturada aqui: família, amigos, casa, cachorro e, ainda, a lembrança de Victor. Não aceito fazer parte do corpo executivo dos novos compradores da filial daqui por puro orgulho. Não fui, oficialmente, alertada do que estava acontecendo e eu era a segunda pessoa na cadeia de comando nesta filial. E também acredito que meu tempo naquela empresa acabou. Preciso fazer algo novo e, de imediato, penso em abrir uma cafeteria.

Eu e minha irmã crescemos entre pães e doces. Tudo o que minha mãe sabia, ela nos ensinou e eu sou sempre convocada a preparar os quitutes das festas em família, o que eu faço com prazer. Então, este poderia ser um caminho novo a seguir.

Com isto em mente e depois de aplicar um ***band-aid*** na lancinante bolha no calcanhar, decido caminhar pelo centro da cidade para descobrir como posso me encaixar neste mercado.

Nos últimos anos, por causa do trabalho, raramente eu tinha tempo para perambular pelas ruas estreitas, pela praça com sua enorme figueira e, com a abertura de um grande shopping, nunca mais comprei nada no comercio local e, nem mesmo no horário do almoço, eu saía para a rua, almoçando na cobertura da empresa o prato do dia.

Entro na primeira cafeteria que surge e peço uma água. A mulher que me atende é, com certeza, a proprietária. O movimento ali é pouco e não há outros empregados e, ao me servir, me pergunta qual tipo de café prefiro. Peço um expresso e ela o serve junto com uma pequena bolachinha recheada com goiabada.

Ela é simpática e puxa conversa falando sobre os diversos tipos de café disponíveis e pergunto pelo movimento e a resposta é a que eu esperava, é pequeno.

Na segunda cafeteira, com nuances diferentes, a situação é quase a mesma e continuo a andar pelas principais ruas e, de repente, estou em frente a uma grande loja de quinquilharias baratas e custo acreditar que este era o endereço da loja elegante de Victor.

Estou pasma. Não entendo como as mudanças ocorreram. E o pior é que sempre tinha uma voz dentro de mim dizendo que eu poderia encontra-lo naquela loja na hora que eu quisesse. E sinto que perdi a oportunidade de olhar, de novo, para ele, mesmo que fosse à distancia e isso me dá um aperto conhecido no peito e uma dor inexplicável que já aprendi a conviver.

É hora do almoço e entro num conhecido restaurante onde executivos almoçam diariamente.

Me sirvo de saladas e uma posta de peixe e procuro por uma mesa vazia. Mas não tem. Ali é comum as pessoas dividirem as mesas e procuro um lugar vazio. Vejo as costas de um homem, que está sentado sozinho e me aproximo para pedir licença e, surpresa, me deparo com Omar.

Foi a primeira vez que me encontrei com ele fora de um ônibus (as vezes, eu o encontrava no ponto do ônibus) e vê-lo assim, fora do contexto do meu cotidiano, pareceu muito estranho. Ele se levantou quando me viu e, enquanto me cumprimentava, deu a volta na mesa e puxou a cadeira, oferecendo o lugar. Notei que ele ficou feliz em me ver e seu sorriso me pareceu diferente, mais aberto e descontraído.

E esta foi a primeira vez que eu o achei atraente. Um homem moreno, alto, forte e com a barba bem-feita. Devia ser um pouco mais velho do que eu. Os olhos grandes e negros eram profundos e as sobrancelhas cerradas dava-lhe um ar severo que o largo sorriso de há pouco desmentia. Havia uma pequena cicatriz no lado esquerdo do rosto, perto da orelha, provavelmente o resultado de uma infância bem vivida. E sua voz, num tom mais alto do que, normalmente conversávamos dentro do ônibus, pareceu-me sonora e gostei de ouvi-la. Também foi a primeira vez que observei suas mãos. Elas eram grandes, mesmo assim, delicadas, como as mãos de um pianista e bem mais escuras do que a pele de seu braço que aprecia embaixo da camisa social quando ele as movimentava e imaginei que ele sempre andava com mangas.

Foi então que eu senti vontade de fazer perguntas e mais perguntas a seu respeito, mas me contive. Queria saber como era a vida dele, se tinha mulher, ou mulheres, se elas viviam aqui, no Brasil ou se moravam num país onde elas andam com o rosto encoberto com véus e se perfumam com luxuosas fragrâncias de almíscar e patchouli. Será que ele tem filhos? Ou quem sabe, por trás da elegância se esconde um temível terrorista! Coisas assim, sem qualquer sentido, martelavam meus pensamentos enquanto ele me falava de Londres, de que esta era a melhor estação para passeios ao ar livre e que eu devia aproveitar o momento para visitar Jacob, que estava bem doente e sempre perguntava por mim. Por fim, sem que eu esperasse, me disse que, se eu quisesse viajar agora, ele poderia me acompanhar.

Eu o ouvi falar em viajarmos juntos? Será que eu entendera bem? Estas perguntas passaram bem rápidas pela minha cabeça e deduzi que eu escutara mal e falei que eu não poderia viajar assim, sem mais nem menos, ignorando, totalmente, a proposta que ele fizera. Eu tinha compromissos e precisava resolver assuntos do trabalho, além de atualizar meu passaporte e fui falando, sem perceber que eu estava tentando me justificar, ao que ele respondeu que isto tudo poderia ser feito em menos de dez dias e eu fiquei olhando para seu rosto tentando assimilar suas intenções e ele não se abalou e completou que poderia encaminhar meu passaporte para um escritório que cuidava destes assuntos para ele e eu, neste tempo, resolveria assuntos pendentes com empresa. Assuntos pendentes? Eu não falei nada a respeito de minha decisão daquela manhã com ninguém e, pelo jeito que falou, parecia ter conhecimento do ocorrido. Então perguntei quais assuntos pendentes ele se referia e foi neste momento que vi um ar de surpresa perpassar em seu semblante. Foi rápido e ele respondeu o que só poderia ser o lógico responder: que ele achava que eu deveria pedir uma licença na empresa para viajar. Aceitei a resposta, mas uma dúvida persistiu e naquele momento e eu não tinha um bom argumento para questioná-lo mais sobre isso. Então, decidi coloca-lo a par da minha situação com a empresa e o fiz prestando muito atenção em suas reações, procurando encontrar uma resposta para a minha desconfiança de que ele, de alguma forma, já sabia o que estava acontecendo, mas ele me ouviu atentamente e quando terminei de narrar os fatos, ele simplesmente disse que eu tinha razão, já era hora mudar o foco de minha vida e viver outras experiências e concluiu, dando um belo sorriso, que viajar para Londres poderia ser um bom começo.

Considerando que não nos veríamos mais quase que diariamente num ônibus, foi normal ele pedir o número do meu telefone e anotar o dele num cartão em branco que tirou do bolso e me entregou. Depois disso, chamei um taxi e fui para casa. Meus pés estavam me matando.

Em casa, tomei um banho demorado e me deitei, dormindo imediatamente. Acordei duas horas depois com o telefone de casa tocando estridente e me obriguei a atender o mais rápido que pude. Era Paulo, meu filho, preocupado por que não atendi o celular. Expliquei que estava dormindo e contei minha grande decisão do dia e ele também aplaudiu, repetindo como num mantra que estava na hora mesmo de mudar, que novas experiências seriam benvindas na minha vida e ainda acrescentou que seu pai também iria gostar da notícia.

Todo este apoio começou a me preocupar. Será que meu foco no trabalho me levou a falhar em outros aspectos de minha vida? Falhei como mãe? Como esposa, eu devo ter errado feio, por que meu marido fez um filho em outra mulher. Será que deixei de viver de forma mais plena por causa do meu profissionalismo? E como sempre, comecei o processo de busca por falhas e motivos por tropeços que me faziam tão culpada.

No dia seguinte, depois de uma noite mal dormida, liguei logo cedo para o telefone anotado num cartão em branco e disse sim, eu vou a Londres. Só evitei o complemento de que seria com ele, mas agora eu já imaginava que seria bom tê-lo numa viagem mais longa e ele disse que ia anotar o meu endereço para pegar meus documentos para atualizar o passaporte. Meia hora depois, um carro parou no meu portão e ele apertou a campainha e eu fiz de conta que não percebi que ele devia estar trabalhando naquele horário. Olhei no monitor e ao vê-lo, comecei a me arrepender pela decisão tomada, mas não voltei atrás e abri porta e ele recusou meu convite para entrar preferiu aguardar no portão. Levei os documentos e fiquei surpresa ao ver que o carro que o trouxe não era um taxi e sim um belo modelo recém lançado e muito caro. No dia seguinte ele me ligou e disse que já tinha dado entrada no novo passaporte e que já comprara as passagens. Comprou as passagens? As minhas também? E quando tentei reclamar por ele ter feito isso, ele disse que depois acertaríamos e que a data ficaria a meu critério.

Recebi da empresa diversas ofertas para mudar minha decisão e como não aceitei, fizeram um acordo e pude levantar todos os meus créditos trabalhistas o que melhorou muito minha conta bancária.

Avisei meus filhos que ia viajar e pedi para Paulo ficar na minha casa para cuidar do cachorro velho e doente e do filhote que eles me deram de presente.

Paulo comprou um bom apartamento algum tempo atrás e eu sabia que ele já estava, praticamente, vivendo com a namorada. No início foi muito difícil ficar sozinha numa casa enorme, cheia de lembranças e pensei em vende-la, mas nunca apareceu um comprador, apesar de ter levado dois corretores para fazerem uma avaliação. Por fim, desisti desta ideia e aprendi a viver assim. Paulo disse que ficaria o tempo que eu precisasse e eu marquei o dia da viagem.

Somente quando liguei para Omar para marcarmos a data da viagem me ocorreu que, em nenhum momento, falamos de hospedagem e foi com muito constrangimento que me obriguei a falar disso com ele, pensando em alguma sugestão e comecei me desculpando por isso. Eu era ótima em programar viagens e sempre fizera isso avaliando todos os pormenores e nunca tivemos problemas, mesmo nas viagens internacionais e agora, eu deixara a parte pesada com Omar e me esquecera de algo tão importante!

Omar disse que isto também já estava resolvido e que eu ficaria hospedada na casa de Jacob, num ótimo bairro de Londres onde ele fez uma pequena horta com temperos brasileiros e que, quando a doença não permitiu mais que ele cuidasse das plantas, seu filho e esposa, que também moram com ele, continuaram cuidando dos canteiros.

Eu sei que esta história de canteiros de temperos foi uma distração, mas fiquei sem saber o que dizer e um pouco preocupada. Eu não tinha tanta intimidade com Jacob para ficar na casa dele e quanto ao seu filho, eu nem o conhecia, mas, nesta altura dos acontecimentos, conseguir hospedagem num bom hotel em Londres em plena temporada de verão, seria bem difícil. Por outro lado, eu conhecia algumas pessoas que moravam lá e com quem eu mantinha contato e sempre recebia convites para passar uma temporada com eles, então, caso alguma coisa desse errado nesta minha impulsiva viagem, teria a quem recorrer, mas como não gosto de ficar à mercê dos acontecimentos, ainda vou tentar deixar uma porta de saída aberta para uma emergência.

Quando fizemos uma viagem para conhecer algumas capitais europeias, exceto Paris, eu e Jorge ficamos hospedados num ótimo hotel em Londres, perto do centro da cidade. Além do preço honesto, a facilidade para circular pelos pontos turísticos a partir de sua localização, facilitou muito nossa estadia, e isso me lembra de que nos encontramos com Jacob em um restaurante, e então, como tenho a mania de guardar papéis, procuro e encontro o telefone do hotel, para onde ligo, mas como eu temia, não há vagas para as próximas semanas. Insisto com o gerente, que ainda é o mesmo que nos atendeu naquela viagem, embora ele não tenha a menor ideia de quem sou, e consigo que ele deixe meu nome numa lista de espera por desistência e, com isso, fico menos tensa. Quando chegarmos em Londres, vou pessoalmente ao hotel para reforçar meu pedido.

Como tudo já estava organizado para a viagem e eu em casa sem ter o que fazer, resolvi fazer caminhadas pelo bairro para avaliar a possibilidade de abrir uma cafeteria nas redondezas e descubro um mundo novo que se formou ao meu redor. Nas principais ruas do bairro encontro uma variedade de comércio compatível com um centro comercial de uma cidade de porte médio. Várias galerias comerciais foram inauguradas, bancos abriram filiais, perfumarias conhecidas expondo suas coleções e até uma franquia famosa de cafeteria eu encontrei e eu, para variar, assombrada por não ter percebido esta mudança no bairro que moro há tanto tempo.

Por anos meu contato com o bairro se limitou a uma pequena caminhada de minha casa até o ponto do ônibus com ar condicionado e cortinas na janela para proteger do sol direto no rosto, que me levava ao Centro da cidade e caminho inverso no mesmo tipo de ônibus, no final da tarde. Nos fins de semana, minhas saídas eram para outros locais e assim, mesmo que em algum momento eu tenha pensado que a região estava virada num canteiro de obras, minha percepção foi muito superficial e eu não participei das mudanças.

Fico indecisa quanto aos meus sentimentos diante de tanta mudança. Haviam muitas áreas verdes quando me mudei para este bairro. O comércio era pequeno e ainda se comprava com caderneta no mercadinho perto de minha casa e que agora, ele se tornou um supermercado, cujos proprietários eu costumava cumprimentar e nunca mais os vi. Por outro lado, o bairro conseguir se manter fora da temporada é algo a se considerar. Se depois que colocar na balança, de um lado, o ganho econômico da região e do outro, as perdas ao meio ambiente e, ainda assim, houver equilíbrio, valeu a pena. Caso contrário, é a hora certa de fazer correções.

Minha caminhada se destina a encontrar um local onde uma nova cafeteria chamaria a atenção do público local e dos bairros próximos.

Vejo uma nova galeria recém construída com duas lojas envidraçadas adjacentes a entrada ampla, sendo que uma delas expõe uma faixa de aluga-se. À sua volta, um comércio de bom nível me estimula: uma pizzaria já muito conhecida no bairro à direita e uma rua transversal. À esquerda, onde antigamente era um depósito de materiais de construção, um pequeno prédio de uma clínica médica, uma floricultura de porte médio e uma loja de móveis e decorações que, pela fachada, pareceu-me de alto nível, as quais ainda não conhecia, têm em comum um amplo estacionamento e com um bom fluxo de pessoas entrando e saindo das lojas, inclusive, da loja de moda feminina um pouco mais à frente com modelos expostos, elegantemente, na vitrine envidraçada.

Nem pensei duas vezes e atravessei a avenida com o transito intenso, rumo à galeria e, quando parei para observar a fachada de perto, meu olhos se moveram para o estacionamento ao lado e vi o perfil de um homem entrando na loja de móveis e imediatamente meu cérebro processou a informação e senti minhas pernas bambas e meu coração palpitar loucamente.

Desta vez enlouqueci, foi o que pensei. Como eu poderia ter associado o perfil de um homem que vi de relance com Victor? Tentei justificar minha confusão com o fato de se tratar de um comércio aproximado ao que ele tinha no centro da cidade, mas este, em comparação ao outro, era maior e, me pareceu, com o foco em móveis de alto nível. Então, balancei, literalmente, a cabeça, e tentei voltar minha atenção para a galeria, embora, sem que eu pudesse controlar, meus olhos se voltavam para a entrada da outra loja o tempo todo.

Acredito que eu tenha conseguido manter uma conversa coerente com a pessoa responsável pelas informações das lojas à alugar na galeria, eu até sei que me mostrei ansiosa para obter as respostas e que, no intuito de acelerar as coisas, peguei desastradamente um papel sobre a mesa de trabalho do homem, para anotar o telefone da imobiliária e esbarrei na garrafa de água mineral que estava ali e a derrubei. Por sorte, a maioria do líquido escorreu para o chão, junto com minha cara e, por fim, minha ação foi totalmente desnecessária por que, apesar da raiva que devia estar sentindo, o homem me estendeu um folheto com os dados que eu precisava e gentilmente me desejou um ótimo final de tarde.

Antes de sair, visitei novamente a loja. Era ampla e poderia, perfeitamente, se tornar uma linda cafeteria. Imaginei as mesinhas com arranjos delicados, o balcão expondo doces e salgados que davam água na boca, um toldo cobrindo a faixa disponível na frente, onde eu poderia colocar duas ou três mesas e um grande fluxo de pessoas entrando e saindo felizes do estabelecimento. Pensando bem, duas mesas lá fora. Uma terceira mesa atrapalharia o tal grande fluxo de clientes.

Encerrei a visita e mal coloquei o pé na calçada, meus olhos se voltaram para o estacionamento ao lado e resolvi olhar de perto a loja de móveis através das vidraças da frente.

Era uma loja muito ampla e por toda ela, várias composições de móveis e decorações formavam pequenas salas, dormitórios, uma pequena varanda com treliças e samambaias, provavelmente falsas e uma pequena cozinha, davam uma ideia das possibilidades do que se poderia conseguir ali.

Depois de ficar olhando as pessoas entrando e saindo da loja, tomei coragem e entrei e, internamente, estava decidida a encarar meu fantasma de uma vez, caso se confirmasse o que eu acreditava ter visto.

Lá dentro, a disposição dos pequenos espaços era muito estimulante. De cara, fiquei encantada com a sala de visitas, com móveis de qualidade e decorações modernas, sem exagero ou apelo, e quando alguém me cumprimentou, me assustei e virei bruscamente, pronta para encarar Victor, finalmente.

Não era Victor e sim um homem vestindo-se elegantemente me oferendo ajuda para quaisquer informações que eu precisasse.

Fiquei andando pela loja e, de vez em quando, tentava ver o homem que me atendeu, de perfil, para comparar ao que vi antes e a cada vez que eu fazia isso, me sentia uma perfeita idiota.

Quando, enfim, cheguei à pequena cozinha ilustrativa dei um sinal ao atendente que, mesmo falando com outros clientes, estava sempre atento ao meu passeio pela loja. Ele se aproximou assim que deu mais informações à mulher com quem falava, e pedi detalhes a respeito da confecção dos móveis e acrescentei que estava pensando em alugar uma loja ao lado e tinha interesse em móveis sob medidas.

Eu não tinha planejado nada disso quando resolvi entrar na loja e as coisas iam acontecendo quase que espontaneamente, como se um roteiro já fora escrito e eu o decorara. Fernando, como o crachá identificava-o, me convidou para acompanha-lo ao escritório e foi então que notei que no final da loja havia mais pra ver e um grilinho martelou na minha cabeça. E se Victor estivesse no tal escritório?

Pensei em dizer que voltaria em outra hora e fugir dali, mas também pensei que, se há pouco eu estava disposta a enfrentar o meu fantasma, por que fugir? Então, ergui a cabeça, estufei o peito e o segui e, à medida que luzes eram acesas, eu descobria o que havia ali: uma toalete, uma sala repleta de produtos de decoração, cuidadosamente armazenados e o escritório num pequeno espaço, com uma mesa, cadeiras, uma prancheta de desenho e, para meu alívio, estava vazio.

Mesmo assim, não acreditei em meus olhos ao ver que ele não está lá e que, definitivamente, fui enganada por meus instintos e, apesar do alívio, eu acreditava que um encontro com Victor apagaria de vez esta lembrança que me acompanha há tantos anos e adiar um pouco mais me pareceu triste.

Fernando me explica que os projetos e móveis são feitos por eles e que o arquiteto responsável e também proprietário atendia com hora marcada, mas que eu poderia encontra-lo, com certeza nas quartas e nas sextas na parte da tarde e me entregou um fichário com fotos das muitas criações da loja, todas muito bonitas e sem qualquer menção do autor dos projetos.

Sem saber direito o que falar enquanto folheava o fichário, mantive o silencio. Fernando, então, falou que a pessoa que comprou a loja ao lado daquela que eu tinha interesse estava fazendo os móveis com eles e puxou uma pasta de uma gaveta e mostrou alguns desenhos e pude ver que eram para um salão de beleza ou similar, embora eu tivesse a impressão de que havia uma extensão no tamanho da sala e que pareciam ser dois ambiente diferentes.

Entreguei os desenhos e agradeci a atenção, depois de elogiar o que vi e, sem ter mais o que fazer ali, me levantei para sair no exato momento em que a porta abriu e ele entrou.

Os anos fizeram uma entrada bem acentuada em seus cabelos e no mais, tudo era o mesmo, até mesmo a eletricidade correndo em meu corpo quando nossos olhos se encontraram e, se Fernando não falasse conosco, eu teria me jogado em seus braços. Rompida a magia do encontro, assumi a postura que pretendia.

Fernando nos deixou e esperei que ele rompesse o silencio, mas ele não o fez. Na verdade (e eu sei o quanto isto é absurdo por causa dos fatos passados), eu senti tanta raiva dele pelo que sentia e o culpava por isso, por isso, deixei a raiva romper a superfície e se alastrar por meu corpo todo até que não pude suportar mais e falei.

Enquanto eu falava da minha dor, minha memória trazia minha mãe falando comigo sobre a vida, repetindo que ela é como é e o que fazemos é que conta e eu tentava rever, quadro a quadro, o que eu fiz e tudo que conseguia era lembrar de minhas noites me amando com a lembrança daquele homem na minha frente.

O problema é que minha dor não era algo simples de se expor: havia nuances das quais ele jamais imaginou e que nada dizia a ele. Mesmo assim ele recebeu todo o peso da minha culpa e se segurou. E quando me senti sem nada para por para fora, eu me sentei e pensei que seria um bom momento para começar a chorar, mas não havia lágrimas para isso, então, abaixei minha cabeça e esperei. Eu sabia que havia dado a ele muito mais do que ele merecia. Eu não estava assumindo as minhas responsabilidades e se não fui coerente com meus sentimentos no passado, agora eu estava bem perto da loucura.

Alguns segundos demoram muito a passar. É tempo suficiente para a gente descobrir que passou toda uma vida creditando mais valor para fatos que nem valiam tanto e debitamos muito das coisas importantes. E, quando ele falou, foi só o eco do que eu já compreendera. Ele nunca imaginara que eu tivesse dado tanto valor aos nossos encontros. Minúsculos encontros numa padaria. E terminou dizendo que lamentava muito por isso.

Nunca me senti tão envergonhada em toda a minha vida e precisava sair dali o mais rápido possível e foi o que fiz, me desculpando feito uma tola e não atendendo ao seu pedido para ficar.

Na rua, percebi que o dia estava acabando e que eu estava rodeada de pequenos prédios, carros acelerando, pessoas passando apressadas por mim e que nada ali me lembrava o bairro que escolhi para morar anos atrás. Com certeza eu errei nas minhas escolhas. Escolhi me apaixonar pela imagem de um homem que não conheci de verdade e o pior é que acabei de dizer a ele que ele é o responsável por minhas mazelas. Quem, em sã consciência, faria algo assim? Para não encarar minha insatisfação diante de minhas escolhas, fugi, deliberadamente, para a memória de um sentimento que até poderia ter sido verdadeiro, mas que eu, somente eu, ceifei.

O que me restava era ir para casa, abrir uma garrafa de vinho e comemorar, sim, comemorar, por que, por pior que tenha sido o meu comportamento, eu ainda tinha feito algo de bom para mim mesma e compreendido que minha vida tem sido um arrastar de culpas e fechamentos precipitados. No mínimo, abri uma das válvulas das comportas que tem me segurado por tanto tempo. E isto é promissor. É claro que depois do fiz, me comportando como uma desvairada, nunca mais olharei para aquele homem. Tomara que sua imagem não me acompanhe mais até minha cama e que eu consiga voltar meu olhar para outros homens que até poderia ser meu amigo Omar. Omar?

PARTE DEZESSETE

Quando viajamos pelas capitais da Europa, Jorge insistiu muito para irmos a Paris e justifiquei minha negativa com uma conversa de que Paris era exclusiva e que merecia uma viagem só dela.

Esta fantasia de ir a Paris com Victor surgiu ainda no tempo em que nos víamos na padaria.

Sempre que eu fantasiava estar com ele, era em algum lugar possível de ser vista e reconhecida, por pessoas que conheciam Jorge. E então, comecei a fantasiar lugares cada vez mais longe e, por fim, cheguei a Paris. Uma infantilidade que só é possível quando nos apaixonamos.

E esta preocupação começou a partir de uma situação que vivi quando fui à São Paulo participar de um encontro promovido pela empresa para seus gerentes e, na última noite do evento, eu saí com alguns amigos para comer uma pizza no bairro da Mooca, um lugar distante do hotel, nas proximidades da Avenida Paulista, onde eu estava hospedada.

Éramos um grupo grande e alegre, especialmente depois de tomar algumas jarras de vinho e, felizmente, ninguém estava tendo um comportamento inadequado.

No possível décimo brinde que fizemos, alguém se aproximou e me disse que também queria brindar e, quando vi quem era, fiquei muito surpresa, pois era o cunhado de Jorge que também estava com um grupo de participantes de um encontro.

É claro que na hora rimos da coincidência, mas isto me alertou para a realidade de que vivemos mais próximos do que acreditamos, uns dos outros.

Eu fantasiava estar com Victor, mas nunca considerei, realmente, viver algo assim. Trair fisicamente meu marido era algo que nunca cogitei, mas nem sempre conseguimos controlar nossos pensamentos, e viajar para Paris com Victor, era a fantasia que acabou virando um sonho tolo e improvável, mas se tornou meu sonho mais íntimo mais.

Na viagem com Jorge por capitais europeias, nos encontramos com Jacob em Londres e ele perguntou se iríamos a Paris e com nossa negativa, ele resolveu fazer algo novo na nossa amizade, me provocar, perguntando o motivo por termos deixado Paris de fora do nosso roteiro.

Ele sabia que a pergunta faria me sentir péssima, mesmo assim ele a fez. Jorge respondeu por mim usando o mesmo motivo que eu alegara, mas Jacob continuou no assunto dizendo que em Paris sonhos são realizados e, não satisfeito de ter feito este comentário, ainda perguntou o que eu achava. Eu demorei alguns segundos para responder e disse que, na verdade, em Paris o amor se concretiza.

O amor se concretiza onde quer que haja amor. Paris é só uma ideia, uma fantasia. A minha resposta foi uma justificativa por ter um sonho em que não acreditava em realizar. Para mistificar o sentimento que eu tinha, me pareceu uma boa saída para encerrar o assunto, mas ele ainda retrucou que achava isso improvável.

Eu me apaixonei por Victor, isto é um fato. Não planejei e nem procurei por isso, simplesmente aconteceu. E quando me vi apaixonada pude perceber que antes dele, eu nunca me sentira daquela forma.

Meu casamento foi por um encanto imenso. Eu estava grávida e ele me pediu em casamento. Talvez, pela história de minha mãe, isto tenha me comovido ao extremo e foi fácil me imaginar apaixonada.

Jorge era um jovem que assumiu sem pestanejar a sua parte na nossa relação. Nunca deixou de falar que me amava e, mesmo quando as coisas desandavam, ele se mantinha firme no propósito de me ver feliz.

Ele era perfeito? Não, ele sempre procurou superar os obstáculos. Quando cometia um erro, ele corrigia, não só tentava.

E tinha defeitos banais como contar péssimas piadas que nunca corrigiu, falar com apresentadores de televisão e, depois de nossa separação, com certeza, ele não se tornou um beato, deve ter tido muitas mulheres, só que eu nunca o vi acompanhado. Ele só não se casou com a mãe de Pedro por que ela também não o amava e, antes mesmo do filho nascer, ela se casou com um antigo namorado e formam um belo casal e aceitam a presença de Jorge na vida do filho com tranquilidade.

Eu acreditei que estava apaixonada por ele e não ter percebido meu engano, fez-me muito culpada. Não perceber a verdade de meus sentimentos a tempo de evitar um casamento que, fatalmente com o tempo, desmoronaria, me acrescentou mais culpa. E mais ainda por ter insistido em nos manter juntos apesar de ter me apaixonado por outro. E tudo ficou pior quando me fiz de vítima por seu erro, enquanto eu o traia, se não fisicamente, então, por tudo o que eu era e por tanto tempo, principalmente, por nunca ter conversado sobre a verdade dos meus sentimentos, mesmo sabendo que ele me ouviria e até me ajudaria, se fosse necessário.

Eu sempre vivi uma segunda vida. A minha vida emocional, conhecida só por mim.

Aquela mulher que teve filhos, que trabalhou com afinco, que sorria para convidados em dias de festas e tinha orgasmos na cama com seu marido era apenas uma camuflagem para a outra que vivia intensamente uma fantasia. E isso, também, me fazia culpada.

O peso de tantas culpas acabou cobrando o seu preço e chegou um momento em que eu não acreditava mais na minha capacidade de distinguir a verdade de meus sentimentos e me fechei totalmente para uma nova relação.

E, quando na frente de Victor, despejei uma vida toda de erros, nem me dei conta de que ele simplesmente me respondeu com a mesma resposta que eu havia lhe dado, anos atrás, quando ele me deu carona e me pediu para iniciarmos uma relação de fato e eu lhe disse que não há nada entre nós, apenas encontros casuais na padaria, então, case e seja feliz, foi só que eu disse.

As mesmas palavras que eu disse apenas para me livrar da verdade que foi exposta nua e crua e, dependendo do que saísse da minha boca, apenas eu seria penalizada ou beneficiada, foi o que eu sempre pensei. Quais as consequências de nossas decisões na vida dos outros? E agora, enquanto termino com uma garrafa de vinho e sinto que o mundo gira lentamente, percebo que havia amargura no olhar daquele homem que um dia rejeitei. Novamente eu estava diante de consequências pelo o que saía de mim e eu teria como mudar isso?

Na madrugada acordo enjoada e preciso tomar um antiácido e, depois disso, o sono demora a voltar e faço um esforço para pensar em Victor, mas quem me visita nesta noite é Omar e eu tento sem conseguir me livrar da lembrança de sua boca sorrindo abertamente quando nos encontramos no restaurante. Penso que ele esteve tão perto de mim por tanto tempo, sentado ao meu lado num ônibus, onde conversávamos num tom bem baixo para manter nossa privacidade e tão próximos que passei a reconhecer seu perfume que deliciosamente entrava em minhas narinas, trazendo o odor de madeiras nobres e almíscar, sem nunca notar qualquer perturbação em meus sentidos, sem qualquer comoção de meu coração, como se ao meu lado, um ser assexuado viajasse.

E no seguir da madrugada, meu coração sobressalta ao pensar que logo estaríamos juntos numa longa viagem e que seria muito difícil evitar este novo sentimento que havia brotado em mim. Sentimentos? Ainda estou bêbada!

Ainda faltam dois dias antes de viajarmos juntos, tempo para resolver alguns entraves e estou me esforçando para o fazer. Finalmente eu estou disposta a mudar minha vida, deixando sair dores reais e imaginárias e abrir meu coração para uma nova experiência.

Assim mais uma noite passou e, finalmente, o sol anunciava uma nova manhã e eu me levanto disposta a dar mais passos em direção à minha recuperação.

PARTE DEZOITO

A campainha está tocando e tenho dificuldade para abrir os olhos. Sinto na boca a acidez do vinho que bebi na noite anterior e conto até dez para não praguejar, mas não resisto, e falo um palavrão e torço para que, quem quer que seja que está insistindo em me acordar, ouça.

Me arrasto até o monitor e vejo Jorge na tela e, preocupada, acordo totalmente e abro portão.

Ele nunca me visita sem antes telefonar, então, esta surpresa poderia não ser uma cortesia e sim uma notícia ruim sobre os nossos filhos.

Quando ele chega na cozinha, eu já vesti um roupão por cima da camisola surrada que estava usando e estou colocando água na cafeteira, por que, seja o que for que ele veio me contar, antes de ouvir, preciso de uma xícara de café preto e forte.

Só de olhar para ele sei que não veio como um arauto de más notícias e fico aliviada e também curiosa. Enquanto termino o café, conversamos trivialidades. Ele fala da simpática namorada de Paulo e comenta que Thiago está bem e que está pensando em ter filhos e, ainda, me faz um elogio a respeito de meus netos terem uma avó muita bonita.

Dou um sorriso e sirvo uma xícara de café exatamente como o meu, sentando-me num banco alto sob a bancada. Ele faz o mesmo e tomamos em silencio nosso café. Sempre foi assim, era nosso momento sagrado e não podia ser interrompido por qualquer somenos e os meninos cresceram respeitando estes poucos minutos do nosso silencio contemplativo.

Só depois da última gota de café é que voltamos a conversar e foi quando ele me estendeu um envelope que peguei pensando ser a correspondência deixada pelo carteiro na caixa do portão.

Enquanto procurava pelo remetente ele explicou que o que tinha dentro do envelope era a sobra financeira da nossa última viagem juntos, justamente aquela pelas capitais da Europa, e que ficara guardada no cofre da empresa e ele só lembrou dela por causa da minha viagem de agora e achava que eu devia dar um bom destino para aquele dinheiro, uma quantia razoável de Euros e Libras, e usar para me divertir um pouco.

Fiquei sem palavras. Era a cara dele ser tão honesto e se preocupar, ainda, com minha situação financeira.

Anualmente eu recebia os honorários por minha participação na sociedade da empresa, uma soma considerável que eu aplicava totalmente, pois não precisava usá-la por que tinha um ótimo salário que cobria minhas despesas e sobrava, mesmo assim, constantemente ele me ligava para perguntar se eu não precisava de alguma coisa e se colocava à disposição para qualquer necessidade que eu tivesse.

E agora isso. Ele poderia ter usado este dinheiro para o que quisesse e eu nunca me lembraria que ele existira. E esta lealdade, tão própria dele, me comoveu e comecei falar a minha verdade a ele, de uma forma como nunca fiz.

Falei dos meus sentimentos duvidosos e de quanta culpa estava carregando por meus enganos e, por fim, confessei minha traição.

Falei, claramente, que me apaixonei por Victor e que, embora não tenha cedido fisicamente, nem um milímetro, eu me envolvi numa intensa fantasia que me levou a pensar nele todos os dias e, mesmo depois de tantos anos, eu ainda não sabia o que era verdade ou o que era sonho.

E que precisava ser perdoada por minha fraqueza e por minha arrogância em chama-lo de traidor, quando eu o era há muito tempo.

Isso tudo eu falei sem respirar, olhando-o nos olhos, numa ânsia de colocar para fora um segredo que estava me maltratando muito e quando parei de falar, eu já me sentia bem mais leve e sabia que, se ele não me perdoasse, só por ter falado, eu estava me libertando.

Ele me ouviu e quando falou, estava sorrindo: querida, você acha que me traiu? Você não poderia ter controlado teus sentimentos, não poderia, mas você não cedeu a eles. E eu, sem ter sentimentos tão intensos, cedi tão facilmente! Eu traí você, a mulher que sempre amei e você, mesmo não me amando da mesma forma, nunca me traiu. Sou eu quem precisa de perdão e você terá meu eterno agradecimento por sua grandeza.

Insisti que o traí. Contei-lhe detalhes de como isso aconteceu, de como me imaginava fazendo amor com outro quando ele me abraçava, fui cruel, tentando fazê-lo entender que não é necessário fazer sexo fisicamente com outro para que a traição se concretize. Eu o traí de diversas maneiras e por muito tempo.

Ele continuou sorrindo e me abraçou dizendo que se eu precisava ouvir que ele me perdoava, então eu estava perdoada e que eu nunca mais pensasse nisso. Depois, deu-me um beijo suave nos lábios e se despediu. Quando saiu pelo portão, ele apertou a campainha. Atendi sabendo que era ele e perguntei, pelo interfone, se ele tinha se arrependido por deixar aquele dinheiro. Era uma brincadeira e ele entendeu assim e disse que eu comprasse uma lembrança para ele, desta forma teríamos um motivo para nos encontrar na minha volta. Então ele me fez prometer que nos encontraríamos no meu retorno e eu prometi. Naquele momento senti tanto carinho por ele como há muito não sentia mais e entendi que existe muitas formas de amar e eu o amei e o amaria para sempre, mesmo sem a paixão que meu coração ansiava.

Por fim, levantar mais cedo foi um bom começo do dia. Amanhã eu viajo com Omar e tenho coisas a resolver. Não quero entrar em Londres descabelada, então, preciso marcar hora no salão e aproveitar para fazer as unhas. Minha vaidade não costuma ser grande com relação a estes cuidados, mas gosto de ter as unhas bem feitas e cuido para que elas não se quebrem. Meus cabelos, como são fartos, precisam de hidratação com frequência e de corte para controlar o volume. No mais, não passo horas fazendo massagens, limpeza de pele e estas coisas, porém, a idade já está me cobrando alguns cuidados e pretendo, na minha volta, organizar um programa para me preparar para os dias que virão. Quero ser uma idosa bem cuidada e cheirosa.

Como eu trabalhava no Centro da cidade, frequentava um salão perto da empresa e agora preciso fazer contato com outro que já visitei aqui na região, para evitar um percurso de muitos quilômetros, por isso, reviro minha bolsa para encontrar um cartão com o telefone que preciso.

Tenho vários cartões guardados, a maioria vai para o lixo. São cartões de lojas, outros, eu nem imagino de quem são e tem um que chama a atenção pelo cuidado com que foi executado. Elegante e só contendo a informação que se busca num cartão: o telefone, o endereço e um nome, sim, um nome que pode mudar a luz do dia e trazer o frio para a alma. E eu nem sei como este cartão foi para a minha bolsa. Eu me sentei naquele escritório e fiquei olhando as fotos do álbum e, depois, a porta se abriu e ele entrou, então, em algum momento entre as observações sobre os projetos da loja ao lado e a entrada de Victor, este cartão veio até minha mão e o guardei sem sequer ter percebido o que fazia. E agora ele queima em minha mão. *Victor D.A.*, o nome do arquiteto de interiores. E hoje é quarta feira e ele, com certeza (segundo o atendente), estará na loja na parte da tarde. E sem que tenha planejado qualquer coisa a respeito, faço a ligação para marcar um horário e quando preciso dar um nome, não me escondo com um nome falso e dou o meu nome, Helena, para deixar claro que quero falar com ele, ou melhor, quero ouvi-lo e talvez, deixar respirar outro canto escuro do meu ser.

O resto da manhã me perco em repensar meus momentos com ele na padaria e, especialmente, em seu carro.

Ele queria começar algo novo e me queria ao seu lado. Foi o que me disse e que deixaria o casamento e toda a sua vida anterior para construir uma nova vida comigo.

Enquanto ele falava, virei uma pedra. Não conseguia sentir nada. Eu só me via sendo julgada por meu comportamento desesperado e assistindo meus filhos sendo levados de mim. Naquele momento me fechei tanto para as palavras dele que nada me faria dar um salto ao desconhecido para viver uma paixão. E, embora algo em mim quisesse tomar as rédeas dos meus pensamentos e mudar minha decisão, o meu lado moça-certinha-que-não-pisa-na-bola, se impôs e me neguei a lhe dar a mão. E quando disse que tudo não passou de encontros casuais sem qualquer outra motivação numa padaria, eu queria muito que fosse a verdade e até me esforcei para acreditar nisso. E o tempo, ah! O tempo, tratou de me mostrar a realidade dos fatos e comecei a torcer esta verdade para que ela se adequasse ao meu interesse de ver nele o bicho-papão que me encheu de culpas. E tudo se reduziu ao meu "eu". Eu sofro, eu me culpo, eu sinto remorso, eu sinto muito a falta daquele olhar que me fazia arrepiar e me tirava o fôlego.

Depois de jogar nele toda a confusão que foi minha vida e culpa-lo pela desordem dos meus sentimentos, compreendi que nunca pensei nele com partícipe deste processo. Como foi para ele esta experiência? O que ele fez da vida que queria tanto mudar? Como seguiu em frente após ter sido recusado, friamente, depois de tantos sinais de que eu o queria e que permiti que ele notasse?

Então, marquei horário na elegante loja dele. Já que comecei o processo de abertura, vou até o fim. É claro que ele pode se recusar a me atender, sei disso, é uma grande possibilidade, mas vou tentar e se preciso for, vou insistir, por que este será o meu jeito de me desculpar por tanto egocentrismo.

Passei a manhã toda pensando numa estratégia para abordá-lo e não marquei hora no salão e não terei mais tempo de fazer isso. Vou ter que domar meus cabelos sozinha e viajar sem fazer as unhas.

Quando Omar me ligou para dizer que já estava tudo pronto e que ele estava com meu passaporte, senti um medo tão grande de sair do conforto da minha casa e me aventurar ao lado dele numa viagem tão longa que quase repeti o que eu fazia quando estava com medo: dizer não, não vou, mas ele não me deu tempo e disse que estaria na minha porta na madrugada seguinte as quatro e meia da manhã. A primeira parte da viagem seria de Florianópolis até São Paulo e, somente às quatro horas da tarde, entraríamos num voo com destino à Londres com previsão de chegada por volta das sete horas da manhã, no horário local. Onze ou doze horas viajando com ele ao meu lado é muito mais do que já ficamos juntos numa viagem. Com o trânsito ruim da temporada, já ficamos quase duas horas dentro de um ônibus e, na verdade, nem sentimos muito este tempo, pois sempre tínhamos o que conversar, ou melhor, eu sempre tinha. E pensar que nada foi difícil na nossa amizade, me deu um pouco de tranquilidade e fechei os olhos lembrando-me do sorriso dele no restaurante e de como pude sentir sua virilidade ao se aproximar de mim para puxar a cadeira.

E logo já é hora de cumprir o compromisso marcado e me preocupo em me arrumar melhor desta vez. Sem a roupa própria da caminhada e não tão arrumada como quando vou trabalhar, encontro um meio termo que pode ajudar na nossa aproximação. Uma calça jeans e camisa branca. Um sapato de salto médio e perfume discreto. Baton rosa claro e nada mais de maquiagem. Os cabelos presos num coque e minha disposição de acertar desta vez.

Ele está tão arrumado quanto se pode estar na sua profissão. Veste social e a gravata está perfeitamente combinando com o restante da roupa. Ele me olha e eu evito este olhar, pois sei que me descontrolo e preciso manter meu equilíbrio nesta conversa.

Fui levada até ele por Fernando, o atendente que, gentilmente, abriu a porta e provavelmente não notou qualquer embaraço entre mim e Victor e nos ofereceu um café aceito por ambos.

Ele começou a falar e, a custo, me controlei para não rir, pois ele, por causa das informações repassadas pelo atendente, julgou que eu estaria ali para tratar de assuntos profissionais.

Felizmente Fernando entrou com o café e tive tempo de respirar antes de esclarecer minha presença ali e, assim que ficamos a sós, fui direto ao assunto e perguntei, sem qualquer rodeio, como ele se sentiu quando me recusei seguir com ele pela vida.

Por um instante senti que ele não responderia, mas depois, ele me olhou e falou, sem tremer e sem tirar os olhos de meus olhos. Ele não contava com minha recusa, um talvez, sim, ele esperava, mas um não direto e seco foi como um soco no estômago. Ele não se recuperou tão rápido como queria, mas não desistiu de viver. Ele acreditava que eu também estivesse apaixonada e, só por isso se atreveu a me propor uma saída. Ele sabia que eu era casada, era evidente por causa da aliança que, segundo ele, eu sempre dava um jeito de mostrar a ele. E ter interpretando mal os meus sinais fez com ele se sentisse um tolo e nunca se perdoou por isso.

E o que ele fez depois disso? Ele se casou, teve um filho, traiu inúmeras vezes a mulher e ela quis a separação. Por um tempo ele viveu como se cada dia fosse o último e sua vida era uma grande festa com mulheres, bebidas e drogas até ele encontrar aquela que foi sua segunda mulher e ficaram casados por alguns anos e tiveram uma filha. Um dia tudo acabou, ele se descobre novamente sozinho e já não tem mais ânimo para festas e desordens sentimentais e muda o foco de sua vida para a carreira e os filhos.

Eu ouço e absorvo tudo o ele diz. Sinto sua dor ao rever que se jogou no abismo, que também não se perdoou e tenho que fazer a pergunta que pode fazer toda a diferença par nós: você me esqueceu?

Ele responde e eu penso que terei que viver com isso: eu nunca mais pensei em você.

Sem ter o que falar, me levanto para ir embora e ele abre a porta e, antes de sair, olho em teus olhos e falo, sem pensar, sem pesar e sem querer: eu sonhei ir a Paris com você.

Algo muda em seu semblante e eu não sei o que é, e penso que ele poderia ter tido vontade de rir e estava se segurando, por que era muito tolo o que falei, mas ele não ri, apenas me olha e não vejo mais a raiva desafiadora que estava ali até há pouco e posso até estar enganada, mas havia um pouco daquela antiga paixão e, antes de perder a compostura novamente, vou-me embora, por que ainda tenho que terminar de fazer a mala para a minha próxima viagem. Estou bem mais leve desta vez e lá fora, consigo ter esperanças de que os moradores do bairro vão se conscientizar e buscar o equilíbrio com o meio ambiente.

Como vim de carro, dirijo até a praia e fico por lá um tempo. Tempo suficiente para me deixar absorver a pequena luz que vi no olhar de Victor e permito, sem qualquer objeção, que meu corpo participe deste momento e que fique arrepiado.

PARTE DEZENOVE

O carro de Paulo está estacionado na rua, em frente minha casa. Entro com o meu para que ele possa também fazê-lo depois e, enquanto pego algumas sacolas com compras que fiz, ouço as risadas fáceis dele e sua parceira e me lembro de quando eu também era assim, livre e sem o peso de questões que fui carregando sem resolver, pela vida.

A verdade é que já me sinto aliviada. Depois que decidi mudar meu rumo profissional, algo aconteceu e estou mais disposta a encarar a vida com mais leveza. E mesmo que esta viagem à Londres ainda me assuste um pouco por causa deste meu novo olhar para Omar, não vou permitir me encolher e deixar a oportunidade passar sem, pelo menos, saber do que se trata.

Depois da minha separação, demorei muito para me relacionar com outros homens. E os poucos relacionamentos que aconteceram não forem além de dois ou três encontros e isso por minha absoluta falta de vontade de investir tempo e de me abrir para uma vida nova. Eu dizia para as amigas que eles não tinham acendido a minha chama, mas a verdade é que eu fazia um grande esforço para apagar qualquer sinal de fumaça. Por fim, cheguei até aqui e me vejo esperançosa em conseguir romper alguns limites que estabeleci com medo de não ser o que esperavam de mim, ou pior, de não ser aceita com minhas (muitas) imperfeições.

Paulo e Mai, minha possível futura nora que se chama Maísa, vem me encontrar na garagem e atrás vem o Luke, o Shih-

Tzu que eles me deram de presente. Meu outro cão, Thor, um vira-lata lindo, que me deu muitas alegrias, está muito velho e com problemas graves nos rins, por isso, passa o tempo todo deitado, esperando por minha atenção e carinho.

Meus filhos tiveram outro cão quando eram crianças, mas ele fugiu de casa. Nós o procuramos por todos os lugares, colamos cartazes oferendo recompensa para quem o encontrasse e nada, nunca mais tivemos notícias dele.

Foi um dos momentos difíceis que passamos juntos. Thiago teve febre e perdeu alguns dias de aula e Paulo, como era mais velho, sentiu-se responsável e saía pelas ruas, batendo nas casas do bairro com o cartaz com sua foto nas mãos, perguntando se alguém o tinha visto.

Superamos esta fase e alguns meses depois, eu e Jorge os levamos a uma feira de adoção de cães e trouxemos Thor.

Eu sei que ele vai morrer nos próximos dias e estou fazendo de tudo para que ele não sofra. A cada dois dias, recebemos a visita da veterinária que cuida dele, mas provavelmente, na visita de amanhã, ela o levará para internação, então, hoje é meu último dia com ele e isso, apesar da euforia da viagem, me deixa muito triste.

Ainda na garagem, com o portão aberto, nos distraímos nos abraçando e Luke correu para rua. Paulo corre atrás dele e Mai fica rindo da cena ao ver o cãozinho fazendo seu namorado suar.

Mais tarde pedimos uma pizza e conversamos sobre a minha impulsiva viagem.

Falo de como me senti depois de compreender que meu trabalho havia, de alguma forma, interferido nas minhas relações, especialmente da família e que me senti triste por isso. Meu filho foi generoso ao dizer que sempre fui uma ótima mãe, mas eu sei onde falhei. Jorge sempre se esforçou para suprir a minha falta quando era necessário, levando os meninos para passear sem minha presença, comprando os brinquedos que eram os sonhos dos meninos e que eu não tinha tempo para comprar e lhes dando muito amor.

Falo também, sem medo, de como me afastei de Jorge e de que me perdi totalmente em meu luto, deixando-o sozinho com sua dor e assim, sem compartilharmos aquele momento, ele procurou uma saída e deu no que deu.

Não converso sobre Victor, este assunto não diz respeito a todos. Jorge já sabe o que se passou comigo e então, isto basta, mas confesso ao meu filho que aceitei o convite de Omar num impulso, depois me arrependi e que agora, estava ansiosa para entrar num avião e partir. Então, ele pergunta se estamos namorando. Não! Eu respondo, mas fico ruborizada e eles riem de mim e Paulo comenta com Mai que eu estou tentando enganá-los!

Não falo das pequenas mudanças de meu comportamento com meu amigo. Perceber a pequena nuance na cor da pele da mão, tentar descobrir a marca de seu perfume e não esquecer seu sorriso é o meu mais novo segredo. E gosto de pensar como um segredo bom, daqueles que a gente se recorda para adicionar mais sabor num dia de chuva ou para abrandar a saudade de se sentir abraçada por um homem quente e viril.

Brincamos sobre amores e namorados e depois vou dormir cedo para acordar a tempo de me arrumar antes de Omar chegar, mas recebo a visita de Victor, meu fiel companheiro de noites insones! E tento entender sua história depois do nosso último encontro no passado, depois da minha rejeição.

Ele nunca se perdoou por ter entendido errado os meus sinais, segundo ele. Isso não parece coisa de alguém que esqueceu, que não está nem aí. Penso que ele se tornou um cínico, casando e traindo, casando e traindo novamente, por que devia se sentir um homem incapaz de inspirar amor verdadeiro como ele tinha acreditado quando me conheceu. E imaginar esta possibilidade, me faz sofrer por que eu achava que ele tinha seguido em frente sem olhar para trás, sem sequer lembrar do meu nome. Pensar que a vida dele fora assim, deixava-me livre para associar minha dor pela renúncia como culpa dele por ter me colocado numa situação que parecia tudo ou nada e agora ele me fala que também sofreu pelo o que fiz, então, também eu sou responsável por isso.

Foi um erro ter dito não, simplesmente. Eu devia ter conversado com ele e falado dos meus medos, dos meus tabus, da minha educação, arraigada na minha formação judaico-cristã que sempre incutiu em minha mente que eu não devia abandonar o pai de meus filhos a quem eu admirava e achava que amava, ou seja, eu não dei qualquer justificativa para a minha recusa.

Admito que fiquei muito assustada com a possibilidade de mudar totalmente minha vida, mesmo que o desejasse muito, mas acho que não ter força para assumir a responsabilidade por meus atos, quando me insinuei e me derreti em olhares pra lá de apaixonados, me fez parecer uma pessoa fria e cruel, que somente pesou um lado da situação.

Tenho certeza, agora, que ele sofreu e voltou para a sua vida sem qualquer cautela, deixando-se levar pela corrente e atropelando pessoas importantes para ele, inclusive seus filhos.

E eu, que usei sua memória para punir o que chamei de pecado, agora, consigo entender que foi apenas um medo incomensurável de coisas novas e me sinto compungida por tudo o que deixei de fazer.

O que quero dizer é que tudo poderia ter sido mais fácil se eu tivesse a consciência de que fugir não era a solução e eu nem sei como seria se eu tivesse dito sim, mas sei que falar a verdade, colocando os pingos nos ís e deixando-me ver como eu era, teria aliviado o peso para ambos.

E, quando penso que meus olhos estão se fechando para o sono da noite, sou acordada pelo despertador. É a hora de me arrumar para um pulo inédito em minha vida e meu coração sobressalta ao pensar que daqui a pouco Omar vai chegar.

Como eu já deixei tudo pronto, inclusive as roupas para usar na viagem, posso tomar um banho tranquila e me vestir sem atropelos. Tenho tempo também para ter uma conversa com Thor, que abana o rabo sem se levantar e parece sorrir para mim. É a minha despedida de um amigo. De alguém que sempre estava feliz ao me ver. Quero que ele faça sua viagem feliz, sem dores, mas não consigo evitar o choro ao afaga-lo.

Paulo se aproxima e me abraça, prometendo que não o deixará sozinho, que ficará com ele até o final e eu sei que ele fará isso. Ele é mais forte do que eu e sempre cumpre o que promete.

Me recomponho e já é hora de partir. Mai também acorda e vem me abraçar e então, ouço um carro que para na frente de casa e já é hora de começar minha aventura. Meu filho me ajuda com as malas e cumprimenta Omar com um aperto de mão. É a primeira vez que se encontram e me sinto um pouco constrangida com a situação, mas Paulo brinca com ele dizendo que eu estaria sob a responsabilidade dele a partir daquele momento. Omar, muito sério, agradece a honra e diz que cuidará para que tudo corra bem na viagem e sou obrigada a interferir e lembrá-los que posso me cuidar muito bem e assim, todos rimos. Minutos depois, estou num carro moderno e caro, conduzido por um possível amigo de Omar que também vai cuidar da casa dele, a mesma que fora de Jacob e seu filho.

O trajeto até o aeroporto deve levar uns quarenta minutos, então eu tenho tempo de observar algumas particularidades da relação dele com o motorista.

Fomos sentados no banco de trás por que Omar fez questão de não me deixar sozinha e por isso posso ouvir boa parte da conversa entre eles. Ouvir sim, mas entender é outra história. Um festival de idiomas nesta conversa: o uso do português para a maioria dos assuntos. Inglês para alguns, disfarçado com palavras em português, como se o infeliz inglês tenha se intrometido, sem querer, na conversa e o árabe, sem qualquer disfarce.

Pois bem, do português entendi que eram assuntos ligados à rotina da propriedade que o motorista iria cuidar. Eu nunca perguntei o endereço e nem imaginava como seria a tal casa, mas a conversa de agora deixava claro se tratar de um imóvel grande, com piscina que precisava ser limpa semanalmente por alguém já contratado para isso, a grama deveria ser cortada sempre que necessário e o telefone do jardineiro estava em algum lugar conhecido por ambos.

Essa conversa, embora tão comum, me dava detalhes que nunca me preocupei em ter, da vida particular de Omar. Ele vivia bem, ao que parecia e devia ter comprado a casa de Jacob, uma vez que a tratava como sua.

A conversa em inglês, que eu entendi graças a aulas diárias por anos, que fiz questão de fazer depois de uma situação um tanto cômica ao tentar ajudar dois homens numa batida de carro, era de ordem financeira. Omar dizia que enviaria o numerário para uma conta bancária e o motorista devia efetuar os pagamentos e retirar a sua parte. Além disso, um valor, que me pareceu bem elevado, era destinado para uma pessoa específica, que fiquei sem saber se era homem ou mulher.

Quando a conversa foi em árabe, não consegui captar nada, apenas o movimento da boca de Omar que me pareceu muito sensual e como não consegui desviar os olhos a tempo de ele perceber meu olhar, fiquei roxa de vergonha por ser pega em flagrante. Ele sorriu e fez um gesto de anuência com a cabeça que fiquei sem saber se era um agradecimento pelo o que eu sentia ou uma confirmação de que ele sabia dos meus pensamentos.

E assim chegamos e nós mal nos falamos diretamente, embora, por todo o tempo, ele não me deixou abandonada, sorrindo pra mim, fazendo gestos com as mãos grandes de pianista e deixando claro que eu, nem sei por que, estava incluída naquela conversa.

Mal estacionamos e o motorista desceu e foi providenciar um carrinho para as bagagens. Eu estava levando apenas uma mala média e uma frasqueira e mesmo que não fossem **Louis Vuitton,** eram bonitas e de qualidade. Ele levava duas malas grandes, além da mala de mão, também fazendo um belo conjunto.

Descemos do carro e fui pegar minha frasqueira e ele disse que não precisava pois Naim (ufa, fiquei sabendo o nome do motorista) despacharia as malas.

Fizemos o check-in e enquanto aguardávamos a chegada do avião, aproveitei para pegar meu passaporte que ainda estava com ele e falei das passagens, as quais eu ainda não pagara e nem as vira e ele, deu um grande sorriso, e disse com a maior naturalidade que eu não devia nada, era um presente de Jacob.

Um presente? Eu não podia aceitar, não era certo. Eu estava indo a Londres para apoiar um amigo num momento difícil de sua vida e, apesar do meu olhar um tanto torto para Omar, isso era muito sério para mim. E falei para Omar o que eu sentia, pois me parecia um abuso de minha parte e completei que eu nem sabia as condições financeiras de Jacob para me presentear com um presente tão caro. Foi aí que ele riu mesmo e quando se acalmou explicou que, com certeza, Jacob não tinha problemas financeiros e que me presentear foi um gesto de carinho que eu devia aceitar sem ficar resmungando feito velha. Velha eu? Sabe quantos anos tenho? Ele respondeu que sabia sim, mas que eu parecia ser bem mais nova e me olhou com um pouco de malícia e eu ri também.

Está certo, ganhei um presente caro. Uma viagem a Londres com as despesas pagas. Sim, por que eles pretendem que eu fique hospedada na casa de Jacob. Então, não vou reclamar e vou aproveitar a viagem. Como vou visitar Thiago em Berlim, na Alemanha, este presente me trouxe uma boa economia. Com estes pensamentos eu tentava justificar a validade do caro presente de Jacob, mas ainda parecia dispendioso. De fato, eu já pretendia fazer a viagem para visitar meu filho e até havia pensado em estender meu passeio por alguns lugares que queria conhecer como a Rota Romântica da Alemanha. De Londres a Berlin de avião é uma viagem de menos de duas horas. E posso ir de carro, de ônibus ou de trem. Estou pensando nestas coisas, enquanto Omar foi comprar café para nós.

Quando ele retorna, não volto ao assunto do presente e falo sobre café árabe, que já tomei e gostei muito, por causa do cardamomo. Ele fica surpreso e diz que também gosta de tomar café do jeito brasileiro e que, além do café, gosta muito da comida do dia-a-dia do Brasil e é minha vez de ficar surpresa por que eu sempre achei que para estrangeiros, a mistura de arroz, feijão, bife e salada era muito pesada. Ele insistiu que gostava muito e que costumava preparar outros pratos das diversas regiões do país. Ele cozinha? Mais novidades e isso deixa claro o quanto não olhei para ele nos anos que atravessamos a cidade juntos, num ônibus.

Minha constatação é que passei anos perdida em minhas elucubrações sem chegar a nenhum resultado real. Olhei, por tanto tempo, meu umbigo e não tive tempo de me relacionar, adequadamente, com as pessoas à minha volta e me prometo, silenciosamente, que vou mudar. Quero ser, de verdade, uma mulher melhor e mais inteira.

Tomada esta decisão, olho Omar e tento captar o que ele é por inteiro, não só um homem atraente, mas alguém que tem me acompanhado e que, com certeza, me conhece muito mais do que eu a ele e, sem pensar, dou-lhe um abraço e agradeço sua amizade e recebo um beijo terno na cabeça.

É verdade que o abraço foi terno no início, mas aos poucos, senti que precisava me afastar por que minhas mãos estavam ganhando vida própria e tentavam caminhar pelas costas dele. E tinha aquele perfume que apagou minhas boas intenções e me fazia imaginar como seria o contato com a pele escondida por uma ou duas camadas de roupas.

Por sorte, nossa hora de voar juntos chegou e não precisei dar um sorriso para disfarçar o que eu sentia e nos dirigimos ao embarque para um voo de um pouco mais de uma hora e depois, teríamos quase um dia juntos em Guarulhos antes de embarcar para Londres.

A viagem terminou pontualmente no horário previsto e antes de descer, Omar me informou que teríamos um Concierge para facilitar nosso dia e que as bagagens ficaram aos cuidados dele e que Naim tomara as providências necessárias.

Fiquei pasma. Como assim, um Concierge? Já viajei com muitas malas por causa das crianças, inclusive internacionalmente e nunca pensei em algo assim. Nem sei como se faz para se ter este serviço. Nas minhas viagens, utilizo a sala vip dos aeroportos por causa de meu cartão que, normalmente, cobra uma pequena taxa por um ótimo serviço.

Como estávamos caminhando para a saída e uma pequena multidão nos rodeava, achei que seria de bom tom manter minha boca reclamona fechada e esperar um lugar adequado para entender melhor a situação. E como não tínhamos que entrar na fila da esteira, fui andando a procura de um lugar sossegado para conversar com Omar e esclarecer o que estava no pacote do meu presente, quando fomos abordados por um distinto senhor que se apresentou como a pessoa que nos atenderia enquanto ficássemos naquele aeroporto e pediu-nos para acompanha-lo e eu pensei no fim que ele teria dado às nossas malas, mesmo assim, também o segui, me imaginando sendo sequestrada por um grupo terrorista e que minha vida estava em risco.

Apesar dos meus temores irracionais, ele nos levou até o requintado *lounge* no terminal três do aeroporto e não precisei fazer perguntas para saber o motivo de tanta mordomia: viajaríamos de primeira classe e o Concierge foi só um mimo extra para esta, no meu ponto de vista, loucura.

Bem, se não vamos ser sequestrado, preciso externar meus sentimentos com relação ao meu caríssimo presente. Não sei nada das finanças de Jacob, mas sei que este é um presente que eu não deveria aceitar.

E novamente sou tomada por sensações que me impedem de ser racional e não sei como verbalizar meus sentimentos e antes que eu fale algo, Omar me pega pelo braço, me obrigando a parar e olhar para ele e fala que talvez eu possa estar chateada por ele não ter falado da extensão do presente de Jacob, mas que isso já estava feito, então, que quando chegássemos em Londres, eu poderia externar isso para Jacob, se achasse necessário. No entanto, agora eu não podia fazer nada a não ser aproveitar o momento. E completou: tudo a seu tempo.

E foi assim que consegui sair do estupor que me acometia em algumas situações e me afastava do pensamento analítico e ver que ele tinha razão. Eu tinha sim outra opção: a de voltar para casa, desistindo da viagem, mas o que eu ganharia com isso? Cada coisa a seu tempo e agora era o tempo do café da manhã e foi o que pedi ao homem contratado para nos atender e ganhei de presente, por meu comportamento normal, um belo sorriso do meu companheiro de viagem. O dia prometia e eu ia aproveitar.

PARTE VINTE

Quando nos casamos, eu e Jorge fizemos a promessa de viajar, pelo menos, uma vez ao ano e se a nossa situação financeira não estivesse boa, iríamos para uma cidade vizinha para cumprir a promessa. E não foi fácil cumprirmos no início de nossas vidas juntos. Éramos jovens, recém-formados e começando nossa carreira profissional e iniciamos nossa jornada com um filho a caminho, então, quando fizemos um ano de casados, já éramos pais.

Nossas famílias nos ajudaram muito neste primeiro ano. Pagávamos aluguel de um pequeno apartamento que foi quase que totalmente mobiliado com presentes de toda a família. Ganhamos desde os pratos até a geladeira. Minha mãe queria que morássemos com ela. Como minha irmã já estava casada, sobrava espaço na sua casa, mas não aceitamos. E foi bom começarmos desta forma, pois aprendemos cedo a lidar com a dificuldades e a administrar nossas economias.

Ganhamos a viagem de lua-de-mel de minha mãe, a hospedagem dos pais de Jorge e com a venda dos retalhos da gravata de Jorge, usada na cerimônia, arrecadamos um bom dinheiro que usamos em nossos passeios por Recife e ainda sobrou algum para nossa primeira compra no supermercado, quando voltamos.

Nesta época, Jorge tinha um carro já bem velho e como passamos a morar no centro da cidade, perto de nossos empregos, ele o vendou e reservamos a metade do valor para a compra de nossa casa e o restante investimos no enxoval de

Paulo que não tardaria a nascer e num plano de assistência médica para me atender na hora do parto.

O tempo estava passando muito rápido e concluímos que não faríamos a viagem naquele ano, mas não queríamos deixar passar em branco e assim, com o carro emprestado de minha irmã, fizemos uma visita rápida a numa cidade próxima, onde passamos o dia e consideramos cumprida nossa promessa e, para que no próximo ano pudéssemos cumprir nosso objetivo, criamos uma poupança específica para isso. Compramos um pote bem grande de plástico, vedamos a tampa com cola universal, destas que grudam pra valer, fizemos um corte na tampa por onde tínhamos que colocar todas nossas moedas e também três por cento de nossos rendimentos, assim, conseguimos viajar em nossas férias, mesmo com minha barriga já se mostrando com Thiago a caminho.

Nossa reserva para a compra de nossa casa era de vinte por cento de nossos salários, depositados num banco numa conta de poupança a prazo fixo, que inicialmente estipulamos por dois anos, mas a resgatamos no quinto ano, quando os meninos já corriam por todo o canto e nos deixavam de cabelo em pé por que morávamos no terceiro andar e as janelas eram baixas.

Com nossos filhos praticamente não tínhamos despesas, pois s avós cuidavam para que não faltasse nada para eles, desde alimentação, roupas e calçados, até brinquedos e diversão. Era difícil impedir que isso acontecesse e nos dois primeiros anos, os mais difíceis, aceitamos sem relutar e quando conseguimos equilibrar a situação, começamos a colocar limites aos avós que, inicialmente, se sentiram magoados, mas com o tempo nos entenderam e nos apoiaram.

A nossa casa do sonho não era uma mansão com quadras de esportes e piscina. Queríamos algo que refletisse nossa personalidade e que trouxessem segurança para os meninos e compramos uma casa nova, que fora construída por um pai que queria presentear a filha em seu casamento, mas como ela desistiu do noivo, a casa foi colocada à venda. O lugar era esplêndido. Tínhamos nosso morro com sua paisagem única, muito verde à nossa volta e, a certa distância, o mar.

A distância do meu trabalho, apesar de cansativa, me trouxe amigos como Josef e Omar e, com o tempo, me acostumei com a rotina e quando desisti do meu trabalho, senti muita falta.

Viajamos muito, mas não cumprimos toda a lista de viagens. Queríamos conhecer cem lugares especiais no mundo, mas com o divórcio, interrompemos sonhos e isso foi o mais difícil na separação. Eram sonhos de viagens, de ficarmos velhinhos juntos, de comprarmos um sítio e tantos outros que acabaram sendo esquecidos.

Sem um marido, refiz a lista dos cem lugares tirando alguns e acrescentando novos. Tirei aqueles que Jorge queria muito, como surfar em ondas enormes na Austrália e incluí o Tibete em seu lugar e mantive Paris que sempre foi, de forma pessoal para cada um, um sonho.

Para realizar nossas viagens precisamos economizar, usar o limite do cartão de crédito e aceitar a classe econômica na maioria das viagens aéreas, mas, quando a situação estava melhor, usamos a primeira classe nas viagens mais curtas, com custo menor.

Depois de dois anos trabalhando duro, Jorge conseguiu se estabelecer na sua área e cresceu rapidamente e eu também cresci profissionalmente, melhorando substancialmente meus rendimentos e assim, podíamos nos dar ao luxo de algumas mordomias em nossas viagens e nossa opção sempre foi a hospedagem.

Depois que conheci Victor, uma personalidade nova surgiu para me fazer companhia. A mulher que era casada com Jorge e o amava, a mãe de filhos lindos e sapecas, a dona de casa que investia em lençóis de linho, a mulher que gostava de perfumes caros e a profissional competente e determinada continuou vivendo sua vida alegre, sem perceber mudanças profundas ao seu redor. A nova personalidade que se escondia por trás desta mulher realizada, se mostrou despreparada para a vida. Incapaz de resolver seus dilemas, trazia à consciência rachaduras desconhecidas, perguntas não respondidas e o medo constante de errar. A culpa por esta ruptura não foi Victor. Foi o acaso que fez com que eu pensasse que o presente era algo muito maior do que eu poderia cuidar e o passado uma névoa que não me permitia ver além daquilo que determinei como importante para lembrar. E o futuro; uma enorme interrogação que, na verdade, deixou de existir. Fazer planos se tornou perturbador por causa desta interrogação e nas fracas tentativas de pensar em algo para fazer daqui a pouco ou mais além, eram destruídas pelo saco de lamentações que passei a carregar em meus ombros.

Por mais que esta personalidade doente interferisse nos meus pensamentos lógicos, eu sei que pouco dela veio à tona, mas acredito que, na medida que eu me encolhia para a vida, eu afastava as boas possibilidades de ser feliz.

Durante o meu processo de luto e depois, com a separação, procurei ajuda de um psicólogo e, sem dúvida, foi uma boa decisão apesar do sofrimento, mas havia em mim um apego aguerrido em relação a lembrança de Victor, provavelmente vergonha, que nunca permiti libertá-la e, acabei por encerrar o tratamento e segui em frente.

Demorou para chegar o dia em que uma brecha de luz invadiu minha escuridão e começou a derrubar paredes construídas para proteger medos e inseguranças.

Abrir mão da minha maior segurança que era meu emprego, foi um grande passo. Depois, falei com Victor e descobri que criei um monstro quando só havia um homem apaixonado e o meu medo. Por sorte, tive oportunidade para contar a Jorge a minha estranha traição que foi, em última instância, a razão da minha mente juntar um saco muito pesado de dor e culpas e me obrigar a carregar pela vida. E agora, começo a me reconhecer como mulher, não mais tão jovem que possa confundir sentimentos e não tão velha que não possa querer amar de verdade. Uma mulher que se dá conta que nem tudo precisa ser corpo, alma e o que mais houver. Pode ser emoção ou só química. E nem precisa ser eterno. Um momento intenso pode valer por uma vida.

PARTE VINTE E UM

O carro que nos levou ao apartamento de Omar, próximo à área Central de Londres, era um Audi e eu considerei isto um luxo. Também um luxo.

Toda esta minha viagem tem sido uma experiência bem diferente do meu cotidiano simples, com algumas pitadas extravagantes de vez em quando, mas bastante comum no contexto geral e desde que desci do avião em Guarulhos, meu passeio se tornou alguma coisa mais fantástica, assim como num sonho.

Depois que eu resolvi aceitar as mordomias oferecidas por meu pacote de presente, ficou mais fácil encarar uma realidade que eu nunca me preocupei em conhecer; a de que o dinheiro compra mesmo felicidade, por que eu estava me sentindo feliz, mesmo tendo a consciência de que era algo passageiro.

Atendendo nosso pedido, o *concierge* providenciou o café da manhã de acordo com nossas escolhas e o trouxe até a mesa que sentamos e de onde podíamos ver o burburinho ao redor.

Mulheres elegantes desfilavam entre a área de alimentação e o *lounge* e muitas delas olhavam, descaradamente, para Omar que parecia não perceber e eu, que sem saber que viajaria de primeira classe quando saí de casa pela manhã, vesti-me de forma mais confortável para encarar muitas horas na classe econômica sem mimos para amenizar a viagem e, olhando para as mulheres ao redor, senti que precisava melhorar meu visual para que elas me enxergassem ao lado de Omar.

Para começar, eu precisava de um salão de beleza dos bons e eu sabia que no mezanino do aeroporto tinha um e, com a ajuda do nosso faz tudo, marquei horário para problemas aparentes como meus cabelos, os pés e as mãos e outros mais particulares como depilação das pernas e virilha. Já que eu ia me arrumar, tinha que ser serviço completo.

Omar, quando soube que eu estaria no salão por, pelo menos, duas horas, reclamou, dizendo que esperava passar o dia comigo e ri muito, dizendo que ele estava louco para cochilar em algum lugar, provavelmente, numa das camas disponíveis e ele fingiu-se amuado.

Cheguei no salão por volta das oito horas e um grupo de mulheres me esperavam para o ataque. Primeiro foi a sessão de tortura para me depilar. Aproveitando que eu estava disposta a dar uma guinada em minha vida, abandonei a depilação estilo asa delta que sempre usei e fiquei lisa como vim ao mundo.

Depois de decidir o que faria com minha juba, a cabelereira, muito cônscia de sua responsabilidade, partiu ao ataque, não com uma, mas com duas tesouras que me deixaram apavorada, mas aguentei firme sem chorar, o que fez com que o cumprimento de meu cabelo fosse reduzido uns cinco centímetros e ainda ganhou um formato renovado.

Depois de lavar e aplicar um hidrante cuja fórmula era importada de Paris, segundo a cabelereira que fez questão de mostrar o rótulo escrito em francês, recebi os cuidados dos pés e mãos ao mesmo tempo, por duas compenetradas profissionais, enquanto meus cabelos eram secados, escovados e recebia um jato de aerossol com o perfume que costumo chamar de " cheiro de hoje fui ao salão". Tudo isso levou duas horas e então, deu tempo de reduzir também minhas sobrancelhas e depilar a penugens do buço. Saí dali me sentindo alguns quilos mais leve.

Nos planos que eu tracei ao perceber que eu estava muito aquém das mulheres que admiravam Omar, incluí uma passada em uma boutique para comprar roupas bonitas, mas discretas, para usar durante o dia e, com certeza, um par de sapatos nada discretos com o salto alto de minha preferência e encontrei o que queria com o bônus de receber a roupa passada, para a minha comodidade.

Com a roupa num cabide e o sapato numa sacola, voltei a me encontrar com Omar que também tinha tomado algumas decisões a respeito de si mesmo. A barba estava feita num formato novo e de longe se sentia o cheiro da colônia de qualidade, seu cabelo, com alguns fios grisalhos foi cortado e todo ele estava desperto, o que me fez pensar que a sessão cochilo tinha acontecido por, pelo menos, uma hora.

Entreguei minhas compras a Antônio, o *concierge* que sabia como sumir com nossos pertences, não sem antes pensar que estava entregando a ele um investimento de boa parcela do meu antigo salário, depois de receber um bem-vindo elogio de Omar e retribuir sem me esquivar de seu olhar penetrante. É isto que faz um salão de beleza para as mulheres: lhes dão mais segurança.

Embora ainda fosse cedo para se pensar em almoço num dia normal, decidimos comer alguma coisa pois sabíamos que assim que entrássemos no avião já receberíamos o cardápio para a escolha do jantar. Acho que é uma maneira de permitir que o passageiro se organize durante o voo para poder dormir durante o transcurso, pois, saindo de Guarulhos as dezesseis horas, chegaríamos ao amanhecer em Londres. Dispensamos a ajuda do *concierge* enquanto escolhíamos a comida e, então, aproveitei para pedir que ele marcasse um horário no *spa* onde eu pretendia tomar um belo banho depois de uma massagem.

Durante nosso frugal almoço, conversamos amenidades e não mais mencionei meu dispendioso presente, mesmo por que, eu o estava aproveitando muito bem e depois, sentamo-nos no *lounge* e, enquanto ele lia jornais, eu cochilei por alguns minutos e quando acordei, percebi que ele estava me observando e, sem graça, perguntei se eu estava roncando. Ele riu e disse que não e me lembrou que já era hora do *Spa* e, como num passe de mágica, lá estava Antônio com nossas bagagens de mão e minhas compras o que me deixou aliviada e quase o agradeci por ele nos devolver.

Já eram três horas da tarde quando me reencontrei com Omar e, desta vez, eu estava vestindo meu novo vestido lápis xadrez branco e azul, falso duas peças, com casaco manga longa azul escuro e um cinto fino envernizado por cima do casaquinho marcando a cintura, no mesmo tom do azul do sapato de salto alto, que me custou os olhos da cara e que valeu a pena cada centavo gasto só por receber o olhar de admiração de Omar e de surpresa de algumas daquelas esquálidas que sequer tinham percebido que ele estava acompanhado.

Antônio apareceu para se despedir e agradeceu efusivamente, o que considerei ser o generoso pagamento, feito por Omar, por seu trabalho e disse, educadamente, que eu estava muito elegante. Depois de umas duas taças de champanhe e mais olhares de outros viajantes, fomos convidados a embarcar. Como éramos da primeira classe, embarcamos primeiro.

Como esperado, o avião ainda estava em terra e já os comissários a bordo tinham distribuídos os cardápios após os canapés e bebidas. Felizmente, eu estava com fome e pedi o prato mais substancial do cardápio e mais champanhe.

Somando ao champanhe que tomei em terra, acho que consumi uma garrafa inteira e já me sentia incomodada com o cinto de meu vestido e com saudades de um velho pijama que costumo usar em casa. Omar se divertia com minhas histórias, algumas inventadas e outras reais como o dia que engoli um pirulito inteiro e pensei que ia morrer ao sentir aquele pedaço de caramelo duro descendo por meu esôfago. Eu tinha comprado pirulitos, umas bolotas de caramelo colorida com um palito e distribuídos para os meninos, mas o palito de um deles caiu e fiquei com ele, inteiro, na boca, enquanto que, agachada, tirava o papel de outro, e então, o cachorro veio por trás e pulou nas minhas costas. Com o susto, engoli o pirulito e deve ter levado dias para se dissolver, pois demorei muito tempo para esquecer o episódio e o sentia o tempo todo na minha garganta.

Eu precisava dormir e sabia que nossos assentos, quando abertos, tornavam-se uma cama de casal. É claro que Omar poderia ter feito reservas de assentos simples, mas ele achou que teríamos mais conforto, no geral, desta forma, o que de fato se confirmou, mas iríamos dividir a mesma cama e isso não saía de minha cabeça. Nossa privacidade era protegida apenas por uma cortina-esteira que não impedia nossa exposição quando pessoas passavam no corredor, então, as coisas entre a gente não ia mesmo esquentar, mas o fato é que eu iria dormir com ele e isso era estranho.

Foi um alívio ir ao banheiro trocar de roupa e vestir um conjunto de moletom muito confortável que levei na bagagem de mão e as meias oferecidas pela companhia aérea. Quando voltei para nossas poltronas, a cama já estava arrumada, com lençóis egípcios, travesseiros e edredons e Omar não estava lá.

Deitei-me bem depressa na esperança de dormir antes dele voltar e sei que parece infantilidade, mas achei que isso me pouparia qualquer cena constrangedora, como um beijo no rosto com o desejo de boa noite ou pior, um aperto de mão.

Ele voltou e eu ainda estava acordada. Ele falou qualquer coisa do café da manhã ser por volta das cinco horas e acho que nem respondi. Meus olhos estavam pesados e até tentei reclamar do horário, mas não consegui e logo senti que ele me deu um beijo na testa e me desejou boa noite e então, apaguei.

Quando acordei, senti um imenso conforto deitada de lado sobre os ombros dele e seu braço rodeando minha cintura.

Quando me dei conta do que estava acontecendo, arregalei os olhos e percebi que ele dormia, ressonando tranquilamente e eu quase parei de respirar, temendo acordá-lo e fui tentando me desvencilhar cuidadosamente, mas ele me segurou um mais forte e falou bem baixinho para eu ficar e eu fiquei, estava tão bom! Um pouco antes das cinco eu acordei novamente e desta vez precisei mesmo sair daquele confortável abraço para ir ao banheiro. Quando voltei ele não estava e uma comissária estava dobrando as roupas de cama, em seguida, outra montou a mesa para o café.

Quando Omar voltou, eu já tinha escovado os dentes e passado um batom bem leve para não chamar a atenção. Ganhei outro beijo na testa e um bom dia em forma de sorriso.

Não fizemos nenhum comentário sobre a noite, enquanto tomamos nosso café. Ele falou que Jacob estaria, pela manhã, fazendo diálise e, embora isso fosse feito em sua casa, ele ficaria pouco à vontade em me encontrar nesta situação.

Foi por isso que Omar sugeriu que eu fosse conhecer seu apartamento que ficava perto da área central de Londres, assim, além de podermos descansar um pouco (eu não estava nem um pouco cansada), chegaríamos após o almoço na casa de Jacob e o encontraríamos mais disposto e foi isso que me convenceu, além, é claro, a curiosidade.

Um carro esperando-nos e não nos preocuparmos com a bagagem, já não me causou mais espanto. O apartamento dele sim, por que eu não estava preparada para o requinte que começou com o hall de entrada e toda a decoração da sala de estar. Maria, que ele me apresentou como sua amiga e cuidadora, de origem uruguaia, nos recebeu na entrada e sem rodeios, o abraçou ternamente e me olhou de cima em baixo, fazendo gestos de aprovação e depois, num inglês bem pior que o meu disse que eu era muito bonita e completou: *muy guapa!* Depois, pegou as nossas malas de mão que ele insistiu em carregar, e levou para algum lugar (o que também não me surpreendeu, pois me acostumei a entregar meus pertences a estranhos) e nós entramos para uma sala de estar típica de revista de decoração, exceto por alguns objetos distribuídos pelo ambiente, que me pareceu lembranças de viagens que ele fizera e, rapidamente ponderei que, nas minhas férias ou em outros feriados prolongados, além de poucas ocasiões especiais em que ele me dizia ter que viajar por uns dias, ele viajava e se cercava de recordações como eu fazia e eram estas peças, algumas pequenas, outras maiores, que davam personalidade para o ambiente e traziam a presença dele ali.

Enquanto eu absorvia o mundo dele que eu jamais imaginara, ele falava que, se eu quisesse tomar um banho, havia um quarto me esperando e o acompanhei sem pestanejar, por que, concordei que precisava de um belo banho para despertar totalmente e começar a conhecer meu amigo de tantos anos.

Assim como a sala, o enorme quarto surpreendeu. A decoração minimalista com a enorme cama, era um convite ao descanso. E havia duas portas que imaginei serem do banheiro e do closet.

Ele abriu a porta para eu entrar e disse um até logo e foi-se e fiquei um pouco triste por estar ali sozinha, mas como a minha frasqueira já estava ali (alguns estranhos devolvem nossos pertences), resolvi que eu ia ao banho e depois me dedicaria a pensamentos nada simples a respeito de Omar.

Achei o banheiro, e que banheiro! Nada neste apartamento era exagerado; era pensado. Tudo no lugar certo, na cor precisa, com a iluminação correta. Coisa de arquiteto e muito impessoal, mas ali não era a suíte dele, então, não podia mesmo ser pessoal. E como seria a outra suíte? Com certeza guardaria o seu perfume. Teria um sapato jogado sobre o tapete? Um pé de meia usado sobre a cama? A mala de mão aberta sobre uma poltrona e ele massageando o braço dolorido por apoiar minha cabeça durante noite, a boca descrevendo um sorriso e... eu já mudei o rumo de meus pensamentos e a água na banheira já está pronta para um banho perfumado, por que não haveria de faltar sais de banho para quem usasse a suíte, e é claro, toalhas felpudas e roupões, todos brancos.

Fico meia hora na banheira e saio do ambiente esfumaçado. Provavelmente deve ter um botão para acionar o exaustor para o vapor, mas não o encontro. Visto um roupão e vou para o quarto e o que tenho como alternativa para vestir é o meu, já batido, vestido da viagem, o conjunto de moletom ou a roupa que usei do Hercílio Luz para Guarulhos. Gostaria de ter minha mala, que não tem grandes opções, pois prefiro fazer algumas compras quando viajo, mas tem roupas limpas. E, para não ficar descalça, visto os lindos sapatos azuis de salto e ando pelo quarto a procura de algo que me remeta Omar e quando ouço batidas na porta, meu coração sobressalta, rapidamente amarro o cinto do roupão para esconder minha nudez lisa e abro a porta.

Maria e Omar entram no quarto: ele com a minha preciosa mala e ela com uma bandeja. Ele diz que trouxeram um chá e Maria serve uma xícara, perguntando se quero açúcar e se retira. Ele fica e me estende uma delicada caixa. Maria saiu e fechou a porte e ele está me olhando como se me visse pela primeira vez e eu, sem saber o que fazer ou o que pensar, me lembro que se o roupão se abrir, por acidente, é claro, ele verá minha natureza lisa, seu nenhum pêlo encobrindo-a e, por isso, confirmo se o cinto do roupão está firme e seguro a caixa de uma requintada joalheria e abro. Dentro vejo um lindo bracelete cabeça de cobra com esmeraldas no lugar dos olhos e pequenos brilhantes cravejados na cabeça. Seu corpo, em ouro amarelo em forma em molas, dando uma volta e meia numa espiral, terminando num pequeno trecho liso com outra pequena esmeralda na ponta.

Uma linda e cara joia, pensei, mas não consegui falar nada. Ele retirou o bracelete da caixa e, enquanto explicava que este era o presente do meu último aniversário, dois meses atrás, e que ele não havia entregado temendo que eu o devolvesse. E por que eu não faria isso agora, pensei e parecendo que ele ouvia meus pensamentos, complementou que agora estava mais seguro por que achava que nós tínhamos dado mais um passo em nossa amizade e continuou falando sobre isso enquanto pegou minha mão esquerda, estendeu meu braço, colocando a joia acima de meu pulso e eu senti que minha mão ameaçava tremer.

Durante este tempo, eu fiquei muda e se tivesse aberto a boca, teria balbuciados sílabas desconexas e com a sua proximidade e o cheiro de mel do sabonete que ele usou para o seu banho, eu sentia que meu controle estava desandando e, sem ter o que fazer, comecei a retirar grampos dos meus cabelos, presos para o banho, mas ele se aproximou mais ainda e terminou de soltá-los e quando dei por mim, ele estava beijando cada centímetro do meu rosto e, por um tempo que achei muito longo, senti sua boca tocava minha pele, até encontrar meus lábios e, finalmente senti a sua língua se encontrando com a minha e daí pra frente, eu me perdi totalmente e até me esqueci que eu estava lisinha lisinha!

Antes de me casar com Jorge, eu tive namorados com quem transei. Nada excepcional, apenas encontros casuais, sem qualquer expectativa. Com Jorge eu descobri o prazer e achava que tinha sido o máximo. Quando me encantei com Victor, imaginei que se fizéssemos sexo, seria extraordinário e quando me amei pensando nele, consegui orgasmos notáveis. Separada de

Jorge, houve outros homens e alguns orgasmos, sem qualquer novidade. Depois de todos, Omar surgiu e eu descobri que eu tinha muito mais para gozar e que o prazer era uma fonte de descobertas e de muitas tonalidades. Ser tocada por aquele homem foi a experiência mais intrigante de minha vida por que, nada que eu tenha vivido ou pressentido, era parecido com o que meu corpo sentia. E como toda ação tem uma reação, dar prazer àquele homem foi minha reação natural e esse encontro de desejos redundou num êxtase que eu me atrevo dizer que era quase sagrado.

E assim, minha primeira manhã em Londres aconteceu e eu, finalmente, desabrochei como mulher madura, consciente de meu corpo e de minha capacidade de dar e receber afeto.

PARTE VINTE E DOIS

O jardim frontal da casa de Jacob é algo que eu nunca vi. O colorido de pequenas flores brancas e amarelas entre os musgos verdes brilhantes nas laterais do caminho de pedra da estreita entrada, o arco duplo com a trepadeira com flores azuis, o gotejar de água sobre um pequeno lago recoberto de musgos e o perfume das lavandas de um pequeno canteiro, me deixam extasiada. O arco dá as boas-vindas para o visitante da casa pintada de branco com uma larga porta vidro deixando entrever uma varanda com uma mesa e cadeiras em ferro pintado, lugar para tomar um chá observando as borboletas que se aproveitam da fartura néctar no jardim.

No interior da casa se encontra meu amigo. Ele está velho e abatido pela doença, mas luta bravamente e não se deixou vencer. Quase que diariamente ele faz diálise em casa e uma vez na semana ele precisa fazer hemodiálise no hospital. Ele me lembra minha mãe quando diz que, se tem que fazer, ele faz. A vida é como é.

Quando o abracei no nosso reencontro, temi machucá-lo, tal era a fragilidade de seu corpo, mas ele estava elegante como sempre e beijou meu rosto várias vezes e me chamou de filha e eu senti uma vontade enorme de chama-lo de pai.

Seu filho e esposa brincam que estão enciumados e ele sorri mostrando os dentes amarelados pelo uso continuo de fortes medicamentos e diz que ele tem muito amor para dar e que todos podem se sentir amados. Uma lágrima escapa e tento disfarçar, mas sei que ele percebeu por que ele me dá uma piscadinha.

Mais tarde, sentamo-nos na varanda para tomar chá. Omar está presente e percebo que ele trata Jacob com muito respeito, tanto quanto o seu filho e a esposa, então, deduzo que são parentes.

Antes do chá da tarde, sou apresentada à casa que vai me hospedar. É uma casa grande e linda. Apesar de ser bastante requintada, ela difere do apartamento de Omar por sua personalidade marcante em todos os ambientes e na mistura inteligente de estilos. É possível encontrar um berimbal sobre um baú estilo inglês ou um quadro da Tarsila do Amaral junto com uma paisagem de William Turner sem criar qualquer constrangimento. E, apesar de certo tradicionalismo inglês marcantes na decoração, pinceladas da modernidade ameniza a sisudez e acrescenta luminosidade.

Não perguntei quantos quartos tinham, mas gostei muito do que me foi destinado. Pintado num tom de amarelo pálido com móveis pesados contrastando e o piso em madeira clara, a leveza acontece por causa das roupas de cama muito brancas e um quadro bem colorido colocado acima da cabeceira e, para melhorar minha estadia, tenho um excelente banheiro privativo.

O filho de Jacob, Mario, assim como sua esposa, Rachel, formam um casal muito afinado e tranquilo. Vestem-se com simplicidade e andam descalços pela casa sempre cantarolando ***singles*** antigos e bossa-nova. Sinto que eles cuidam muito bem de Jacob, mesmo contando com ajuda de enfermeiros.

O pouco que vi da casa quando da minha chegada me fez perceber que Jacob tinha um excelente nível de vida e entendi o que Omar havia dito a respeito disto quando me preocupei com as finanças de meu amigo. Ele devia ser muito rico e isto era muito estranho por que no Brasil ele andava de ônibus ao meu lado. Também Omar devia ser muito rico e andava de ônibus. Bom, eu não era exatamente pobretona, tinha o suficiente para viver bem e também andava de ônibus, então, talvez o motivo para se andar de ônibus em Florianópolis, para alguns, é apenas a falta de infraestrutura para absorver o trânsito.

Após me organizar no meu quarto, retornei pelo mesmo caminho que vim até ele, temendo entrar em algum cômodo particular e ser indiscreta. Estar na casa de pessoas com quem não temos intimidade é isso: um pisar em ovos, por isso ainda desejo ir para um hotel e usufruir de toda impessoalidade de um bom quarto e um banheiro requintado.

É verdade também que, num hotel, eu poderia convidar Omar para o meu quarto, se eu tivesse cara para isso. Aqui será improvável, então, resta aguardar o andar da carruagem.

No caminho encontro Mario que se dispõem a me mostrar a tal horta que Omar também comentou. Para chegar, atravessamos a enorme cozinha, que me fez lembrar da cozinha de um hotel fazenda que costumávamos nos hospedar em feriados prolongados. Uma mulher com ares de **Emerenc (Helen Mirren)**, do filme Atrás da Porta, me cumprimenta com um belo sorriso e penso que ela não carrega as dores da governanta do filme. Lá fora, outra surpresa: um quintal com um belo gramado, algumas árvores e uma linda horta que não era tão pequena como imaginei. Montada em jardineiras de cimento, cada uma com uma espécie, formavam um quadrado com cerca de dez delas, todas verdejantes. Reconheci nosso famoso cheiro-verde, pés de alface e até cenouras saindo um pouco fora da terra.

Percebi um certo orgulho em Mario ao dizer que, agora, ele estava cuidando das plantas, enquanto apanhava alguns galhos de hortelã que levou para a cozinha na nossa volta.

Por fim, fui levada para a varanda para o chá e onde já se encontravam Jacob e Omar, que se levantou para puxar a cadeira para eu sentar e, com sua proximidade, senti seu perfume e meu corpo todo arrepiou, então, evitei seu olhar temendo que alguém percebesse o que estava havendo entre nós por que, com relação à ele, eu ainda não sabia em que terreno estava pisando. Logo estávamos todos reunidos e sendo servidos com uma variedade de chás, inclusive o de hortelã, acompanhados por bolos, biscoitos e outros doces. Jacob recebeu o que devia ser sua dieta, mas tomou um pouco do chá de hortelã e, de vez em quando eu o olhava e sentia uma ternura muito grande. Sempre tive a sensação de que o conhecia por toda a minha vida e ele não se negou a me abraçar quando precisei e a dar bons conselhos quando pedi. Sim, eu sinto que o amo e quero que ele saiba disso e quando ele olha pra mim, eu falo alto o que sinto: eu te amo Josef e ele se emociona. Acho que todos na mesa se emocionaram e, por alguns instantes, um silencio fez-me pensar que eu tinha quebrado um protocolo importante na família. Foi só um instante e então a simpática Rachel, que estava sentada ao meu lado, segurou a minha mão e também repetiu a declaração de amor e todos a seguiram e mesmo que todos estivem sorrindo, havia muita emoção em suas vozes e, por fim, Josef enxugou as lágrimas e disse que amava a todos.

Depois da sessão ternura extrema, voltamos a falar amenidades e continuei evitando olhar para Omar, embora ele estivesse sentado quase à minha frente e tranquilamente, por várias vezes, se dirigiu a mim para incluí-me em algum assunto que, por não conhecer bem a família, poderia não estar a par. Mais tarde, antes dele ir embora, me falou, na presença de todos que, naquela noite ele não poderia me convidar para sairmos e explicou que tinha agendado uma reunião com a família. Família? Pois é, ele tem família e sabe se lá se não tem também mulher e filhos!

A surpresa pelo que ouvi deve ter transparecido no meu rosto, por que Jacob se pôs a explicar que Omar fazia parte de uma família que tinham muitos investimentos comerciais em Londres e que, a cada três meses se reuniam e brincou que era para contar os lucros. Percebi que Omar ficou meio sem graça com a brincadeira de Jacob, mas não disse nada, apenas deu um sorriso e me disse que, se eu quisesse, poderia passar o dia com ele e passear pela cidade, o que todos concordaram e foi minha vez de brincar, perguntando se eles já queriam se ver livres de mim. Um não em uníssono me tranquilizou. A verdade é que no dia seguinte pela manhã, Jacob iria ao hospital para fazer hemodiálise. Então, me ofereci para acompanha-lo e depois muitos "não precisa", "a Rachel vai" e de minha insistência, ficou acertado que eu iria e passaria cerca de quatro horas ao lado do meu amigo e assistir o seu sangue ser filtrado. Afinal, foi para ficar com ele que eu vim a Londres.

Eu sofria em saber que todos os dias Jacob precisava passar por um tratamento tão complicado e o pior era que dificilmente ele faria um transplante de rim, considerando sua idade, pois os mais jovens tem prioridade na fila de espera, que sempre foi imensa. Seu filho não era compatível e Jacob me contou que também Omar havia se prontificado, mas não o era também.

Além da insuficiência renal crônica, um câncer no fígado fora diagnosticado recentemente o que o obrigou a passar por um tratamento de quimioterapia. Meu amigo tem sofrido muito e eu gostaria muito de fazer com que estes dias que estou ao seu lado sejam alegres, o que não é difícil, por que ele é uma pessoa positiva e alto-astral.

Combinado como seria a manhã seguinte, aceitei que Omar me pegasse no hospital após o tratamento de Jacob para que fôssemos tomar um lanche. É isso, lanche. O almoço que comi em seu apartamento foi um luxo reservado a visitas, por que inglês não tem este hábito de comer no meio do dia. O café é muito pesado. Até peixe frito se come pela manhã, por isso, um lanche de qualidade faz o papel do nosso querido almoço e o jantar, para quem não comeu muito durante o dia, vai ser bem cedo, até as sete horas da noite e é nesta hora que os ingleses se reúnem com suas famílias e comem carne, batatas e outros legumes. Eles gostam de batatas, como gostam! E o feijão temperadinho com arroz? Raramente aparece na mesa de um inglês e então, vou pedir socorro à Maria, no apartamento de Omar, quando a saudade da minha comida predileta bater forte. Isso se as coisas entre mim e ele se manter num clima bom. Tomara!

No entanto, apesar de meus temores, o jantar na casa de Jacob, na minha primeira noite em Londres, foi muito bom e um arroz bem temperadinho foi servido junto com os legumes e as carnes, mas Jacob se alimentou de uma sopa e não pode nem experimentar o excelente vinho servido. Antes de ser servida a sobremesa, Jacob se despediu e um enfermeiro o ajudou a ir para o seu quarto, então, Mario me convidou para irmos a um pub que eles frequentavam e, mesmo cansada, eu aceitei.

Gosto de ar familiar de um pub, onde parece que todos se conhecem e neste em especial, artistas plásticos deviam se encontrar diariamente. Mario era um pintor de quadros e pelo que pareceu, seu trabalho era muito elogiado pelos presentes que o cumprimentavam e teciam comentários sobre um quadro ou outro. Depois de uma caneca de cerveja que tomei mesmo sem gostar, fiquei mais desinibida e fiz perguntas a respeito do trabalho dele e só então fiquei sabendo que ele expunha seu trabalho numa galeria numa rua importante de Londres e já tinha participado de muitas exposições mundo afora e então, me lembrei do quadro sobre a cabeceira da cama no quarto de hóspedes no apartamento de Omar, com cores intensas e ele confirmou ser de sua autoria. Onze horas chegou e o pub trancou suas portas e já era a hora de dormir. Depois de um banho, caí na cama e mal me lembrei que ainda não havia dados notícias para meus filhos e já dormi e só acordei com a governanta me acordando por que era a hora de me preparar para ir ao hospital, não sem antes de um farto café da manhã, que incluía mingau de aveia, linguiça e pão frito.

Mais tarde, enquanto o líquido vermelho do corpo de meu amigo era bombeado para o filtro e retornando limpo para as suas veias, ele me contou uma história, que se não fosse ele contando, eu não teria acreditado e, finalmente, consegui as respostas que busquei por toda a vida e ainda não sei o que fazer com elas.

PARTE VINTE E DOIS

Samir, um comerciante marroquino, conheceu a família libanesa de Anass e fizeram uma grande amizade. Anass, que não era muito ortodoxo, ofereceu uma de suas filhas para casar-se com Aziz, um dos filhos de Samir, que aceitou a jovem Hana e casaram-se numa grande festa e tiveram muitos filhos, entre eles, Ahmad, o último a nascer.

Criado numa família onde os pais não eram muito tradicionais e os costumes das duas famílias originárias eram mais flexíveis do que a maioria, Ahmad tinha sonhos de conhecer o mundo além das dunas do deserto ou do Souk, a praça de comércio em Rabat, no Marrocos, onde ele ajudava o pai a negociar objetos de decoração e ricas joias e, para poder realizar seu sonho, guardou todo dirham, a moeda marroquina, que recebeu do pai por seu trabalho.

Com idade para se casar, seu pai tratou um casamento com o pai de uma jovem, cuja família era rica e conhecida e marcou a apresentação das famílias. Usando véu, a tímida jovem não olhou para os olhos de Ahmad e não conquistou seu coração.

Sem saber o que fazer para não se casar, Ahmed fugiu de casa, levando o seu dinheiro e poucas roupas e embarcou como ajudante num navio sem mesmo saber para onde ia, onde trabalhou muito, conheceu muitas cidades pelo mundo e acabou descendo no Nordeste do Brasil onde, depois de andar pela cidade do Recife, decidiu não embarcar mais, pelo menos por algum tempo ele, pensou.

Com o dinheiro que ele conseguiu guardar de seu trabalho no navio e o que havia trazido do Marrocos, comprou um pequeno comércio na Rua Barão da Victória e, rapidamente, se tornou um grande varejista, atendendo também no atacado aos pequenos comerciantes e mascastes.

Já tinha completado quarenta anos quando começou a pensar no casamento e em filhos para dar continuidade ao seu legado e primeiro pensou em voltar para o Marrocos ou ao Líbano para escolher uma noiva, mas a lembrança de sua partida sem deixar qualquer explicação para a sua família ou a da jovem noiva que, provavelmente, foi considerada culpada pelo desprezo que recebeu, fez com que ele procurasse uma noiva entre as mulheres da sociedade recifense que ele já frequentava.

Uma mulher balzaquiana, bem resolvida e com tino para os negócios, aceitou o pedido de casamento de Ahmad e logo já pensavam em filhos, mas ela demorou a engravidar e, depois de um aborto, teve uma filha, que veio a óbito meses depois do nascimento, sem causas aparentes.

Depois disso, a mulher fez de tudo para evitar uma nova gravidez, apesar do desejo do marido de ter um filho homem e, com a constantes desculpas da mulher para não fazerem sexo, ele o foi procurar fora de casa mas, sempre que a mulher não estava presente, convencia uma de suas empregadas a se deitar com ele.

Cícera trabalhava na casa desde que eles se casaram. Era morena, forte e desbocada. Era pobre, mas estava sempre limpa e com batom rosado nos lábios e foi isso que atraiu Ahmad e num descuido, a empregada engravidou.

Com medo de ser despedida, ela não contou a ninguém e tomou todas as beberagens que sabia para despachar filho. Não adiantou. Preocupada, contou para uma companheira de trabalho na casa o que se passava com ela e esse foi seu erro. A outra empregada há muito queria entrar na farra com o patrão e como não foi escolhida, viu nesta confidência a oportunidade de se vingar e, sem demora, foi contar para a esposa traída o acontecido.

A mulher não mais queria sexo com o marido e não se importava com as farras dele nos prostíbulos da cidade, mas no seu teto, embaixo de seu nariz, isso ela não podia permitir e como não podia colocá-lo na rua, optou por mandar embora a empregada, não sem antes ameaçá-la até de morte se um dia o nome do pai do filho que ela carregava na barriga fosse descoberto.

Cícera sabia que a família da patroa era de gente rica e poderosa na cidade e que, de vez em quando, rumores de que rivais tinham sido assassinados por eles corriam à boca miúda.

José Bezerra nasceu pobre e com a cara do pai rico, na zona marginal da cidade. Quando ainda era um adolescente, sua mãe no leito de morte após adquirir sífilis se prostituindo para sustentar o filho, contou-lhe quem era seu pai e, para dar credibilidade ao fato se algum dia o menino o procurasse, disse que o turco (era assim que árabes eram conhecidos) tinha uma pinta na virilha.

Com a mãe morta e a fome apertando, um dia José Bezerra entrou na loja de Ahmad, depois de ter certeza que ele estava sozinho e se apresentou como seu filho e foi logo falando da pinta para não deixar dúvidas e contou a história de sua mãe.

Ahmad já estava velho e cansado, mas se lembrou da morena fogosa que ele gostava e de como, repentinamente, ela desapareceu de sua vida. Diante dele se via no menino, mesmo que pobre e malcuidado, e não duvidou que era mesmo seu pai e isto o deixou feliz, mas tinha que ser cuidadoso para não despertar a ira na família da esposa e, colocar José em risco, então, resolveu ajuda-lo em segredo, ensinando-o na arte da negociação. José não negou sua origem e logo já negociava com os clientes da loja nos horários em que a patroa não estava. Pouco tempo depois, recebeu de presente do pai, tudo o que precisava para iniciar seu ofício de mascate e começou a vender de porta-em-porta e isso mudou a sua vida. Seu pai desejava reconhecê-lo como filho e procurava um meio legal para fazer isso sem chamar a atenção da mulher, mas não teve tempo suficiente e morreu, aos sessenta e cinco anos, de um infarto fulminante. Não se sabe se José Bezerra assistiu de longe a celebração fúnebre de seu pai, o que se sabe a seu respeito é que ele vivia bem de seu ofício e que, por algum tempo, morou com Maria José que já era mãe de uma menina chamada Jerusa e que se encontrava grávida quando José Bezerra desapareceu misteriosamente.

Jacob é interrompido pelo médico de plantão que, a cada hora, faz um exame clínico no paciente, o que é padrão a todos os outros que estão fazendo hemodiálise. O que não é não comum a todos é o confortável apartamento com banheiro privativo, onde um acompanhante pode ficar sentado numa poltrona ao lado do paciente enquanto ele faz o tratamento. Jacob também tem a sua disposição, um enfermeiro particular, que o acompanha sempre em todos os lugares. Não faço perguntas indiscretas, mas imagino que ter uma máquina de hemodiálise instalada em um apartamento deva ser um luxo para poucos e me pergunto qual o seu uso quando não há um doente muito rico para pagar por privilégios.

No momento em que o médico entra, estou paralisada, literalmente, ouvindo Jacob contar-me a história da minha vida da qual nunca imaginei existir e nem me pergunto como ele tem este conhecimento. Quero ouvir toda a história, depois faço perguntas.

Jacob está bem e até com um pouco de cor e então recomeça e eu não perco nenhuma palavra.

No Marrocos, os pais de Ahmad ficam desesperadas pela partida do filho caçula e ainda precisam resolver o assunto do casamento desfeito.

Hana chora noite e dia, deixando Aziz muito preocupado. Além disso, sua reputação na medina foi abalada pela atitude do filho e ele sabe que vai demorar para estabelecer, de novo, sua credibilidade, então, ele resolve enviar dois dos filhos para estudar em Londres, pensando em abrir caminho para toda a família no futuro. E também se reuniu com Anass para juntos encontrarem um meio de localizar Ahmad para que Hana tivesse conforto.

Anass conhecia uma família muito rica no Líbano que fora vítima de um golpe que quase os arruinou e o chefe da família conseguiu informações do golpista através de um escritório sediado em Londres que se especializara em procurar desaparecidos e foi assim que conseguiram encontrar o bandido que acabou sendo preso. Então Aziz foi a Londres falar com os detetives e começaram a procurar Ahmad.

Logo no início da investigação ficou-se sabendo que o jovem fugitivo havia entrado num navio mercante que fazia uma rota muito ampla, passando por quase todos os continentes e, quando os detetives conseguiram falar com o comandante, descobriram que não se tinha qualquer documento da maioria dos trabalhadores a bordo, então, Ahmad poderia ter descido em qualquer cidade do mundo e, dificilmente, se saberia que ele ficou para trás. A procura pelo filho perdido seria longa e cara, mesmo assim, as duas famílias se uniram e contrataram o escritório.

A cada ano que passava, menos notícias o escritório enviava às famílias e Aziz pensou que se mudando para Londres, onde dois de seus filhos já estavam adaptados e terminando a universidade, conseguiria que os detetives fizessem melhor o seu trabalho.

Em Londres, a família se instalou numa casa modesta que os filhos de Aziz compraram com o dinheiro que pai enviou e logo Aziz estava à procura de um lugar para fazer seus negócios. Como nada era parecido com a praça marroquina, ele comprou uma loja que já estava fechada há muito tempo por um preço muito bom, e ali começou seu negócio de joias, com a ajuda dos filhos que ainda não tinham feito a faculdade e a orientação dos filhos que se formaram em advocacia e logo se firmou como lojista e cresceu rapidamente, aumentado seu negócio com o comercio de tecidos finos. Samir morreu muitos anos depois e deixou como herança para o os filhos, lojas de departamentos, boutiques, perfumarias e até um restaurante típico de comida árabe, localizados em Londres e em outros lugares pelo mundo, além de uma grande carteira de investimentos em países em desenvolvimento. A herança foi dividida entre os filhos presentes e Ahmad foi dado como morto.

Novamente o médico examina Jacob e desta vez pede a ele que faça um repouso e isso não é nada grave, apenas um pouco de desiquilíbrio o que, segundo o médico, pode ocorrer durante o processo e meu amigo não discute e eu peço licença e vou até o jardim na entrada do hospital para respirar um ar menos asséptico.

PARTE VINTE E TRÊS

Thor, finalmente, descansou. Meu fiel cachorro deixou esta vida sem sofrer, foi o que Paulo falou. Ele dormiu e não voltou mais, mesmo assim, não consigo me controlar e choro.

A dor por perder um ente que se ama é indescritível e abafo meus soluços com uma manta para não chamar a atenção da família que me hospeda, mesmo assim, recebo a visita de Rachel que me abraça e me conforta em silencio, apenas com seu abraço. Quando me acalmo, peço a ela para não contar para Jacob, ele não precisa de notícias tristes e ela concorda.

Pedi licença a Jacob para fazer a ligação do meu quarto por que ainda não atualizei meu celular para poder falar com o Brasil e, logo que encerramos o chá da tarde, liguei para meu filho.

Eu sabia que teria esta notícia, já estava preparada, o que não significa que dói menos e isso me faz lembrar o quanto minha casa está ficando vazia de pessoas que amo, mesmo que este ser seja um adorável vira-latas. Acho que mudar de casa será minha próxima grande decisão.

Paulo me atualiza dos acontecimentos e comenta que recebeu um telefonema da loja de decorações que eu havia consultado para fazer os móveis da confeitaria. Como assim? Ele continua falando e pergunta por que eu não comentei com ele sobre o meu rumo profissional. Não é fácil a explicação já que não consultei, de fato, a loja de decoração para fazer móveis e, como não estou disposta a inventar uma roupagem para me esconder em mentiras e também percebo que Victor me ligou e quis deixar um recado usando este estratagema para garantir que eu o receberia, procuro falar a verdade que interessa e respondo ao meu filho que só foi uma consulta e que estou apenas pesquisando o mercado sem qualquer plano efetivo.

Ele diz que me entende, mas acha que eu devia esperar um pouco mais; esticar minhas férias, porém, se eu realmente quiser seguir em frente com o projeto de uma confeitaria, eu poderia falar com o arquiteto que me atendeu na loja de móveis e completou que ele vai passar uma temporada em Paris para participar de uma feira internacional de alguma coisa, mas que eu poderia ligar para a loja e eles teriam o seu telefone para contato.

Eu sinto um soco no estômago. Eu disse a Victor que sonhei estar com ele em Paris, o que isso significa? Ele tem, realmente, uma feira para participar ou está atrás do meu sonho?

E então, a morte do meu cão e Victor em Paris me deixam totalmente confusa como não me sentia há dias. E choro pela partida de Thor e também pela possibilidade de realizar um sonho que não sei mais se o tenho; choro por que Omar mudou de cara e eu poderia me apaixonar por ele e Jacob está quebrado e também posso perde-lo daqui a pouco.

Rachel foi ao quarto me levar rosas brancas que colheu no jardim e me encontrou soluçando e no seu abraço silencioso senti a presença de pessoas que amei como minha mãe e minha filha, me confortando e isso fortaleceu meu coração. Quando ela se vai, continuo bem e sei que aquela mulher é especial, que há nela uma corrente de bondade e pureza que não se encontra fácil por aí. Eu fiquei bem e senti que a força dela me sustentou.

Depois do banho, dormi um pouco e sonhei que estava com Victor na nossa padaria que, para nosso deleite, apenas nós tomávamos café. Estávamos consciente da presença um do outro e pouco nos falávamos e, quando ele pegou a minha mão e levou até a sua boca para beijá-la, eu senti a eletricidade, minha conhecida, percorrer meu corpo, e toda aquela antiga vontade de estar em seus braços voltou como um surto não contido. Então, aproximei meu rosto do seu e ofereci meus lábios para um beijo e, no momento exato em que nossas bocas se encontraram, eu acordei, mas não abri os olhos, por que queria aquele beijo e precisava voltar ao sonho para tê-lo e fiquei sem me mexer para não perder a sensação que ainda estava no meu corpo.

Uma batida na porta e a governanta com a cara de Emerenc do filme e, agora, estraga prazeres, se anuncia, e penso que quem tem algo escondido atrás da porta sou eu, mesmo assim, a deixo entrar e longe de parecer alguém que se esconde num mistério, ela é sorridente e, com certeza, é inglesa.

Quando ela entra, Victor já se despediu de mim e estou bem acordada e sentada na cama. Ela veio oferecer ajuda para o meu banho e eu quase ri do seu oferecimento. Nem mesmo quando tive filhos alguém me ajudou e nem imagino o que pode ser isso, mas agradeço a sua gentileza, sem rir, é claro.

Depois que ela saí, me pergunto qual é o tamanho da diferença social entre mim e Jacob. Será que ele sempre pagou para ter conveniências assim? Um concierge no aeroporto, uma governanta ajudando-o a tirar as roupas depois de encher a banheira com água e colocar sais de banho e, quem sabe, esfregando as suas costas. Minha imaginação sem limites vê possibilidades muito estranhas, como a Emerec enxugando suas partes íntimas e ele fingindo que isso não o afeta.

A imaginação desperta a curiosidade e isso é como uma bolinha de ping-pong batendo no seu cérebro e sei que, até não descobrir como essa coisa de ser muito rico funciona, vou ficar imaginando besteiras e penso que Rachel poderá ser minha guia, afinal, ela já pegou minha mão em sinal de apoio na hora do chá e me abraçou quando perdi o controle.

Estou terminando de me vestir para o jantar, o que faço somente por estar na casa de estranhos, por que em casa eu estaria de pijama, e me assusto com a campainha do telefone. Como não para de tocar, eu o atendo pronta para dizer em inglês "um momento, vou chamar alguém da casa", e ouço a voz de um homem, que não faço a menor ideia de quem seja, me informando que o jantar será servido daqui a cinco minutos.

Desligo o telefone e termino de me arrumar rápido por que imagino que atraso é uma grave quebra de protocolo e saio para o amplo hall todo aceso e fico encantada com a coleção de quadros expostos nas paredes e me prometo que amanhã vou tirar um tempo para admirá-los como se deve e sigo o som de conversas para não me perder e chego a tempo de ver Jacob olhando o relógio. Não consegui segurar o riso e lhe que disse que quase perdi o ônibus. Ele também riu e o jantar foi servido.

Dois dias depois, consegui um tempo a sós com Rachel quando ela cuidava do jardim à frente da casa (e foi quando descobri que Mario trabalha algumas horas no dia em seu ateliê que ainda não sei onde é) e me ofereci para ajudá-la.

No início, a nossa conversa girou em torno de plantas, das quais não sei muita coisa, mas ela conhece cada uma que foi plantada ali e me fala da importância de cada uma para o meio ambiente e para a nossa saúde.

Depois comentei que a casa era grande e demandava muito trabalho e ela disse que havia empregados bem pagos para dar conta de todo o serviço e que isso a incomodava muito por que ela tinha que se impor para não ficar atoa o tempo todo, por isso, ela e Mario cuidavam da horta e do jardim.

Sabendo disso foi mais fácil comentar que Emily, a governanta, havia se oferecido para me ajudar com o banho e, para a minha surpresa, ela caiu na gargalhada e eu a acompanhei. Quando nos acalmamos, ela me contou que também passou por isso e que ela apenas recusou e tudo ficou bem.

Então, aproveitei para falar de como eu me sentia em relação a Jacob. Eu sempre pensei que ele tivesse uma vida parecida com a minha e via, agora, que ele era muito rico e enxergava o mundo de forma diferente do que eu imaginava.

Ela percebeu que isto estava me incomodando e parou de afofar a terra para me dar atenção e disse que Jacob era uma pessoa muito simples e que as vezes ele exagerava no cuidado com as pessoas que ele amava, só isso. Ele pessoalmente não precisava de tantas facilidades e, muitas vezes, ele mesmo preparava seu lanche ou chá, não no momento, estando debilitado, mas pelo tempo que ela o conhecia, ele sempre foi muito ativo. E completou que Jacob, como pai, fez do filho um trabalhador e só permitiu seu acesso à fortuna da família depois que se formou e demonstrou ter condições de ganhar seu próprio sustento, o que foi muito diferente de seu próprio pai que não permitia que ela e seus irmãos trabalhassem e assim que se ela terminou seus estudos, saiu de casa e, desde então, só os visitas em datas comemorativas e nunca é bem recebida.

Com esta conversa, fiquei mais à vontade com todos, mesmo sabendo que, possivelmente, a situação financeira de Emily e dos demais empregados fossem compatíveis com a minha e a única diferença entre nós era a minha amizade com o dono da casa.

PARTE VINTE E QUATRO

Após o desaparecimento de Ahmad, as famílias de Samir e Anass ficaram mais unidas ainda e, com o passar dos anos, a neta de Samir, Layla, se casou com o neto de Anass, Kalid e nesta ocasião, as famílias uniram-se também nos negócios e Kalid mudou-se para Rabat, reativou o antigo comércio do avô de sua esposa na medina e foi abençoado com mais riquezas e filhos, entre eles, Omar.

Fico pasma com o desenrolar da história e sou obrigada a ficar de pé ao me dar conta de que Omar é, de alguma forma, meu parente.

Jacob confirma que ele é meu primo num grau afastado e resume a história me contando que ele, Jacob, é o filho mais novo de Anass e eu quase perco a respiração, por que, nesta confusão de nomes, para mim, incomuns, penso que ele é meu tio.

Não é, o que não tem a menor diferença, segundo ele. Ele me conhece desde que eu era uma garotinha e sempre me acompanhou de perto, então, o amor é o mesmo ou até maior. Fico emocionada e quero brigar com ele, mas não posso, ele está filtrando o seu sangue para conseguir viver mais algum tempo, como eu poderia me indispor com ele? E pergunto por quantos anos ele sabe disso tudo e nunca me contou.

Ele responde que fez um juramento para a minha mãe que não me contaria e se sentindo tão perto do fim, resolveu quebrar a promessa e contar tudo o que sabe. Minha mãe? Sim, ela foi encontrada pelos detetives quando já morava no Rio, na época que minha avó nos levou para ficar com ela e Jacob foi o membro das famílias escolhido para tratar com ela.

Ainda em Recife, os detetives suspeitaram que a viúva de Ahamad haviam descoberto que ele pretendia reconhecer a paternidade de José Bezerra, através de documentos deixados por ele e, temendo que o rapaz batesse em sua porta para reivindicar parte na herança, ela e sua família conspiraram para que ele fosse morto em algum lugar ermo e de difícil acesso, mas não conseguiram provas para incriminá-los e foram obrigados a dar como encerrada a busca por José Bezerra.

No entanto, a família de Ahmad sabia da existência de Maria José, minha mãe, e que ela tivera uma filha de José Bezerra, com quem vivera por um tempo e resolveram fazer contato com ela para reconhecer sua filha como descendente do neto desaparecido, mas não a encontraram mais em Recife.

Ela ainda morava no Rio quando Jacob, que fora escolhido para fazer o primeiro contato, falou com ela, justamente quando minha avó materna nos levou ao seu encontro, por ocasião da mudança de minha tia para Florianópolis e, apesar de Jacob negar, não deve ter sido uma conversa muito agradável, por que, como ela tinha duas filhas e as amava da mesma forma, se apenas uma fosse reconhecida como herdeira de uma família rica, como se sentiria a outra filha?

Jacob a procurou por diversas vezes e, cônscio de que não poderia convencer minha mãe, resolveu ir Londres falar pessoalmente com as famílias, prometendo que voltaria com uma decisão, mas minha mãe, imaginando que isso poderia demorar, não esperou sua volta. Pediu abrigo para a irmã em Florianópolis pelo tempo de conseguir alugar um quarto para si e as filhas, o que sua irmã prontamente ofereceu sua casa e assim e, sem se despedir das patroas e sem comentar com ninguém aquela situação, nem mesmo com minha avó que estava passando uma temporada com ela. Um dia, levantou-se cedo e foi até a rodoviária, onde comprou a passagem de volta para Recife para minha avó e embarcou com suas filhas num ônibus e sacolejou por setecentos e cinquenta quilômetros até chegar na capital de Santa Catarina.

Quando Jacob voltou ao Rio, não encontrou nenhuma informação do paradeiro de minha mãe, mas descobriu minha tia estava morando e deduziu que o caminho para me encontrar era por perto de dela e não foi difícil localizá-la em Florianópolis com a ajuda dos detetives ingleses que tinham todas as informações de minha família e, sabendo que meu tio era militar de carreira, o que já era um ponto de partida importante para começar a busca.

Por fim ele reencontrou minha mãe e a conversa foi longa. A família de meu pai queria me reconhecer como filha de José Bezerra e este filho de Ahmad, mas não poderiam fazer o mesmo com Jerusa, então, não houve acordo e minha mãe não aceitou qualquer ajuda financeira e ainda pediu para que eles se mantivessem afastados dela e das filhas, senão, ela usaria a influência de meu tio para afastá-los legalmente.

Para evitar uma situação desastrosa para a família dos pais de meus avós, que já tinham investimentos importantes no Brasil, resolveram manter-se afastados, mas incumbiram Josef de continuar a cuidar de mim sem fazer qualquer interferência, a não ser em caso de risco real.

Então, ele se casou com uma brasileira e depois de um tempo, voltou a Londres e outro parente ficou responsável de cuidar dos negócios das famílias no Brasil e também da única descendente de Ahmad, mantendo a cautelosa distância.

Jacob ficou viúvo e voltou para o Brasil e recebeu a visita de um de meus tios que queria me conhecer.

Para não descumprir a promessa que fez à minha mãe, ele teve a feliz ideia, palavras dele, de servir como motorista ao tio e na hora certa, dirigir lentamente na rua da empresa em que eu trabalhava, para que ele me visse à distância. Por acaso, naquela noite, eu precisei ir até a farmácia e, antes de atravessar a rua, parei para conversar com uma colega e foi quando, distraídos por olharem a jovem mulher que estava para atravessar a rua, ele bateu o carro e ela correu para ajudá-los, sem saber que estava estendendo a mão para a sua própria família.

Não há coincidências na vida, mas deve existir um mecanismo que atrai pessoas e situações.

Jacob era mais jovem e usava barba e eu mal o vi por que ele bateu a cabeça e estava encostado no volante.

O homem de turbante me impressionou muito e eu nunca o esqueci, mas de tudo o que me aconteceu naquele dia, o que me lembro como se fora ontem, é de Victor usando o celular para chamar uma ambulância.

E hoje, a hemodiálise terminou, Jacob está bem e foi liberado pelo médico. Antes de sairmos do apartamento ele me conta, com cara de sapeca, que, se minha tivesse aceitado, ele teria se casado com ela, depois que ele ficou viúvo e eu faço a pergunta indiscreta e ele responde que sim, ele saiu algumas vezes com ela, mas ela não o levava a sério e só amou a meu pai e, então, ambos continuaram sozinhos.

Apesar de toda a confusão que está em minha cabeça e a vontade de gritar com ele por ter me escondido a verdade sobre a minha vida, sou obrigada a rir com sua última confissão. E enquanto empurro a cadeira de rodas para leva-lo até o carro, depois de insistir com o enfermeiro, penso que no fim eu o adotei como um pai. Não tão presente como eu gostaria, mas como a imagem de pai que eu queria ter.

Na recepção do hospital, Omar me aguarda. Foi o que combinamos e penso que vai ser muito bom descontar em alguém que conhecia minha história e também não me contou, um pouco da minha frustração por não poder brigar com Jacob, mas quando ele se aproxima, consigo ver nos seus olhos profundos a alegria de me encontrar e penso que talvez nosso encontro seja um engano, que não vai se sustentar só na química de nossos corpos.

Eu quero repetir o sexo cheio de novidades que tivemos, meu corpo deseja isso, mas meu coração reclama por Victor.

Nos despedimos de Jacob e vou ao seu lado, inalando o seu perfume e desejando me embolar em lençóis de linho, sentir os músculos do seu corpo vibrando em sua virilidade e, de repente, ele para e me abraça forte antes de um beijo. Meu corpo pede por ele como nunca pediu por um homem e sei que vou ceder e esquecer que ele esteve ao meu lado e nunca me contou o que sabia a meu respeito.

Mais tarde, cansados pela farra na cama de seu quarto, sinto fome e ele se veste e vai buscar nossos lanches e eu ando pelo quarto procurando por ele nos detalhes e o encontro na madeira dos móveis, nas cores dos tapetes e das cortinas, no perfume impregnado no ar e nos objetos de decoração. Ele é marroquino e tem influência de libaneses. Estudou em Londres, não é mais um jovem e o que mais?

São duas horas da tarde quando comemos, quase em silencio, nossos lanches e bebemos vinho, depois ele busca uma cesta de frutas e eu experimento algumas e gosto muito do doce das tâmaras. Por fim, recebo uma xícara de chá de menta. Tudo em ordem com meu corpo totalmente saciado e, se Victor não estivesse tão vivo em minha mente, este seria o momento perfeito.

Depois disso, vamos passear pelas ruas de Londres, eu quero fazer algumas compras e preciso resolver como usar meu celular.

Ele me leva, primeiro, numa pequena loja e compra um chip próprio para o meu celular e num instante tenho um número que posso ligar para onde eu quiser e, imediatamente, penso que posso ligar para a loja de Victor.

Depois vamos a uma loja de departamentos e compro muita coisa ali. São roupas, calçados, perfumes e alguns presentes. Para Jorge quero comprar um guarda-chuva e então vamos para uma loja que tem tamanha variedade que me deixa tonta. Escolho um preto com o cabo de madeira trabalhado para Jorge e um mais moderno, cinza escuro transparente e dou para Omar. Eu vi no hall de entrada de seu apartamento dois guarda-chuvas bem tradicionais, então, para quebrar a monotonia sem perder a classe, este é uma boa pedida e percebo que ele gosta, de verdade, do presente.

Eu ainda não tinha agradecido o presente caro que ele me deu e aproveitei o momento para fazer isso. A linda serpente com brilhantes e olhos de esmeraldas foi passada para trás depois que nos conhecemos como homem e mulher.

Depois disso, já era hora de voltar para o jantar na casa de Jacob e eu queria estar lá na hora certa. Como na parte da manhã Jacob fazia diálise, então marquei de me encontrar com Omar na manhã seguinte. Queria ter uma conversa definitiva com ele.

Mais tarde, como de costume, Mario e Rachel foram ao pub e eu preferi ficar em casa.

Jacob se recolhia logo após comer sua sopa e eu estaria livre para ir para o meu quarto e colocar em ordem as compras que fiz e ligar para Thiago na Alemanha.

Pego o celular e teclo o número de meu filho e dá ocupado. Penso em discar novamente e, talvez, por que minha mente esteve pensando nele quase o dia todo, lembro-me de que anotei em meus contatos, o número do celular de Victor, com o nome de uma mulher, Angélica. Nem sei se o número ainda é o mesmo, mas quero tentar. Preciso entender o recado que ele deixou com meu filho e me deixo levar por minha curiosidade e faço a ligação. Minha primeira tentativa fracassa e tento novamente conferindo os códigos e dá certo, a ligação está chamando e sinto um frio na barriga. E se ele não puder falar e me dispensar com uma desculpa do tipo hoje não quero comprar, ou pior, este número não é desta pessoa.

A chamada se completa e ele atende e sinto um bolo indo e vindo do meu estômago à boca e vice e versa e só consigo falar "sou eu".

É algo muito idiota para se falar. Qual é a obrigação da pessoa do outro lado da linha saber de quem se trata? Nunca nos falamos por telefone e cometo esta gafe já na primeira vez.

Se ele desligar, vou entender. Mas ele não desliga e diz meu nome com a voz um pouco rouca. Helena, ele repete e não consigo falar nada.

Naquele momento, o mundo se resumiu a nós dois, como num sonho e precisei balançar a cabeça algumas vezes para acordar e fazer daquela ligação algo inteligível.

Respiro fundo e falo que recebi o recado e ele diz sem meias palavras, sem preâmbulos, sem piedade: Se você quiser, vamos a Paris.

Eu poderia dizer não. Poderia pedir explicações ou fingir que não tinha entendido, mas não fiz nada disso. Tenho fugido do que sou por tanto tempo e agora que estou me abrindo para viver minha realidade, vou encarar este sentimento de frente e ver o que é, de fato. Não tenho um plano e nem mesmo quero pensar em futuro. O que tenho é o tempo presente que está me mostrando que posso ser honesta comigo mesma e ser feliz. Eu vou a Paris com ele. Isso não é mais só um sonho. Tanto eu como ele precisa resolver isso e Paris nos espera. Antes, preciso falar com Omar e entender o que aconteceu conosco.

PARTE VINTE E CINCO

Minha irmã casou-se virgem, não por que não tivesse namorado antes de conhecer seu marido ou por que não fosse atraente. Foi apenas a sua opção.

Quando éramos solteiras, conversávamos muito. Ela dizia que queria uma lua-de-mel dos sonhos, onde o marido que ela escolhera a faria mulher e ambos se pertenceriam para o resto da vida.

Ela conheceu seu futuro marido na academia militar, onde acompanhou minha tia em um evento e depois disso, não mais se largaram.

Era uma coisa muito chata estar perto deles. Sempre de chameguinho, meu bem pra lá e meu bem pra cá, beijinhos na ponta do nariz e briguinhas ciumentas o tempo todo.

Ela me contava que ele queria fazer sexo e que era muito difícil contornar o afã dele, mas se aguentaram e ela casou sem se dar e, o que é pior, sem receber.

Logo depois que se casou, perguntei-lhe como tinha sido e, num primeiro momento, ela tentou me enrolar, dizendo que foi como ela sonhou, que ele foi um perfeito cavalheiro e mais algumas histórias que não acreditei, não por que isso é impossível, mas por que seu olhar se manteve olhando ao redor, tentando não fixar em mim.

Ela é mais velha do eu e sempre acreditou que tinha ascendência sobre mim e, admitir que cometeu um erro, na visão dela, era o mesmo que não ter me ensinado um bom caminho.

Eu não era mais virgem quando me casei e muito menos aceitava qualquer domínio dela, então, a confrontei e a fiz me olhar nos meus olhos e repetir que tinha realizado seu sonho e, foi então, que ela chorou.

Até hoje não conheci nenhuma mulher que teve um orgasmo na primeira relação sexual. Nem eu e nem Jerusa tivemos e, no caso dela, o pior é que ele não foi tão cortês como ela sonhava e precisava.

Mais tarde, depois de dois filhos, ela me confidenciou as várias traições dele.

Ele é um bom provedor, ela me dizia e se procura prazer fora de casa a culpa é minha. Na cama, não sou o que ele deseja, mas ele me ama.

Eu tinha vontade de esbofeteá-la quando falava assim. Como queria protege-la da canalhice desse homem, mas, por respeito a ela, nunca fiz nada contra ele e nunca deixei transparecer o que eu sabia, para evitar transtornos para ela em sua casa.

O que eu fazia era falar de separação, de liberdade e até mesmo de pagar a traição dele na mesma moeda, o que a deixava horrorizada e de nada adiantava. Ele continuava traindo-a e ela fingindo que não sabia.

Então, antes de viajar, nos encontramos para colocar a conversa em dia. A minha anja (eu sempre a chamei assim), estava triste e sentindo-se derrotada. O motivo? O mesmo de sempre e eu fui dura e disse que ele faz o que ela quer, que ela prefere que ele busque mulheres na rua para não assumir que não quer mais nada com ele e que, agora que seus filhos já tinham vida própria, ela tinha medo de ficar sozinha. E a chamei para ser minha sócia numa cafeteria. Ela chorou muito e no fim, para minha surpresa, concordou comigo e colocou para fora um mar de dores acumulada ao longo de sua vida de casada. Nos abraçamos e a convidei para morar comigo. Afinal, eu moro sozinha numa casa enorme e ela prometeu pensar no assunto. Não acredito que ela queira morar comigo. Se ela der este passo, vai ser para recomeçar de verdade e só vai precisar dela mesma para seguir em frente. Eu estarei ao seu lado para apoiá-la quando necessário, mas ela vai andar sozinha, eu sei que vai. E se a cafetaria acontecer, quero ela ao meu lado.

O que penso agora é como vou lhe contar para tudo o que fiquei sabendo em Londres. Será que ela vai entender o comportamento da minha mãe, negando-me uma paternidade para protege-la?

Quando penso nisso, não me sinto roubada. Não por isso. Me senti, muitas vezes, roubada pela vida por ter levado meu pai antes dele saber que eu existia, não por não ser reconhecido por seus familiares e ou por não receber uma herança que, na verdade, nunca me fez falta. E saber destes fatos agora, não me muda em nada. Se estou mudando, não é por isso. Estou me encontrando em meio à bagunça que tentei gerenciar ao longo de minha vida. Quando este processo terminar, quero estar inteira e nunca mais vou carregar culpas reais ou inventadas. O tempo presente será sempre o momento de resolver qualquer pendência.

E meu assunto de hoje é Omar. Quem é ele?

As respostas são dele e não fica nenhuma pergunta em aberto.

Beirute vivia uma calma improvável e Omar cuidava da loja de seus parentes na área central da capital do Líbano. A paz não era certa num país onde as milícias cristãs, muçulmanas e dos drusos viviam em conflito desde o final da década de cinquenta, embora, o turismo continuasse ativo e comércio faturando alto.

Omar conheceu uma jovem que foi até sua loja, acompanhada por sua futura sogra, para comprar joias que eram presentes de seu casamento que deveria acontecer em pouco tempo. Diariamente, situações como esta aconteciam em seu estabelecimento, mas aquela jovem, tocou seu coração e ele achou que tinha se apaixonado e logo soube que seu pai era um conhecido homem de negócios e procurou uma oportunidade para dele se aproximar e fazer amizade, primeiro, nos negócios e, rapidamente, foi convidado para ir a sua casa onde conheceu sua esposa, os filhos e as duas filhas, ambas com as vestes tradicionais e, diferente do pensou, seu coração não bateu mais pela jovem noiva e sim pela moça mais nova, Fátima, com que se casou meses depois do casamento da irmã e obedecendo todos os rituais da tradição árabe.

Menos de um ano depois, a situação no Líbano era alarmante e Omar se reuniu com sua família para decidir pelo fechamento da loja de Beirute, assim, ele transferiu as preciosas mercadorias de Beirute para Rabat e Londres, para onde se mudaria com a mulher e continuaria nos negócios da família. A família da esposa não quis deixar o Líbano e Omar foi a Londres resolver questões de moradia e dos negócios e Fátima ficou em Beirute para terminar de empacotar seus bens mais preciosos que queria levar para a nova casa.

Omar tinha pressa de voltar para trazer Fátima e, em apenas um dia resolveu como seria sua participação nos negócios da família e já marcou passagem para voltar, deixando para procurar uma casa quando a esposa estivesse com ele. Na noite que antecedeu sua volta, a área central de Beirute, onde a família de Fatima morava, foi totalmente destruída por ataques dos envolvidos nos confrontos e seus aliados, que resultou na morte de civis que nunca se envolveram em quaisquer conflitos, entre eles, Fátima e toda a sua família.

No dia seguinte ao primeiro ataque, os voos para Beirute foram reduzidos e Omar fez uma verdadeira maratona para chegar em Beirute, incluindo voos com escalas, trem e caminhadas e lá não encontrou ninguém que pudesse dar notícias, tudo era apenas uma grande confusão e somente no dia seguinte, depois de perambular a noite inteira por Beirute e rondar pelos destroços onde a casa e escritório de seu sogro ficavam, sem poder se aproximar por causa do cerco dos militares, ele foi informado de que havia sobreviventes num hospital e também onde se encontravam os corpos dos mortos.

Andar pela cidade era correr risco de morte. Por todo canto pipocavam combate e a guerra civil que já estava caminhando algum tempo no território libanês, irrompeu feroz e, em um pouco mais de um ano, matou trinta mil pessoas, feriu mais de sessenta mil e cerca de meio milhão de pessoas foram desterrados, muitos deles vindo para o Brasil, onde encontraram familiares e brasileiros que os abraçaram.

Fátima sobreviveu por apenas alguns dias. Ela estava grávida de seu primeiro filho, mas os médicos não conseguiram interromper a hemorragia por causa das extensas lesões e ela morreu antes de completar vinte anos. Toda a sua família morreu naquele dia e seus corpos foram enterrados no solo libanês obedecendo o ritual fúnebre ditado pela religião do chefe da família que era cristão.

Amargurado, Omar ingressou numa milícia cristã e por dois meses colocou sua vida em risco por uma causa que ele não tinha. Depois, embarcou com um grupo de refugiados para o Brasil e fiou em São Paulo algum tempo. Voltou para a Inglaterra, retomou seus estudos e continuou participando dos negócios de sua família. Nunca mais pensou em casar-se novamente, embora tenha recebido várias propostas das famílias de Rabat e de árabes vivendo em Londres. Conseguiu esquiva-se de todas propostas e tornou-se um ótimo companheiro para si mesmo e aprendeu a sorrir novamente.

Quando Jacob foi diagnosticado com deficiência grave renal e decidiu voltar para Londres para fazer o tratamento, ele indicou Omar para assumir seu lugar na gestão dos negócios no Brasil e no monitoramento de minha vida, o que ele, prontamente, aceitou, pensando em ficar no Brasil por alguns meses e depois voltar para sua vida organizada em Londres, mas os meses se tornaram anos e finalmente, quando ele me ouviu falar de Victor, percebeu que já estava na hora de mudarmos, tanto ele, que queria dar um novo rumo para a sua vida acomodada e para mim, vivendo sempre sem intensidade, falseando sonhos, sem perceber a realidade a minha volta.

Afinal, qual era o seu trabalho no Brasil? Tinha mesmo um? Perguntei exatamente assim por que sempre achei esse negócio de trabalho um tanto estranho e queria saber os detalhes.

Jacob iniciou no Brasil um programa de investimentos para a família que, ao longo dos anos, ampliou até alcançar um banco com projeção internacional e de onde poderiam, em segurança, diversificar e investir em empresas com potencial de crescimento acima da média através do banco e isso se tornou seu principal negócio. Foi assim que eles souberam que a empresa onde eu trabalhava estava afundando por causa do mal gerenciamento do seu presidente e, como um dos diretores da filial de Florianópolis procurou-os para pedir caução para fazer uma proposta de compra e com isso, a separação do grupo empresarial, Omar reformulou a proposta e o banco comprou a maioria das ações em nome da sua família e financiou o restante para dois executivos da filial, observando algumas condições como a de não promover ou impor demissão para a vice diretora geral da filial, ou seja, euzinha.

A separação da filial foi feita, a razão social mudou e eu me liberei. Sinto um pouco de prazer ao dizer isso a ele por que não é uma história que me agrada. Parece que, de alguma forma, meu caminho foi manipulado por mãos estranhas e mesmo que eu tenha agido por meus instintos, fico com a impressão que isso foi uma forma de interferência.

Ele rebate. Insiste que foram apenas negócios e me lembra que foi um investimento seguro numa empresa que dá lucro e que deverá crescer muito mais nos próximos anos sem ter que carregar a parte podre do restante dela.

E se eu não trabalhasse nela? Segundo ele, haveria o investimento de qualquer forma. Talvez não de forma tão forte como foi, mas era uma ótima oportunidade e o que ele fez foi o seu trabalho e lamentou não poder falar comigo, na ocasião, sobre o assunto.

Não tenho argumentos. Não conheço o seu trabalho, mas não me sinto confortável em saber que, por minha causa, o investimento foi mais forte. Vou tentar não pensar que, se um dia a nova empresa se der mal, a família poderá comentar que foi por minha causa!

E voltar para Londres repentinamente, o que significa? Ele me olha e diz que eu sou o significado. Jacob queria mesmo me ver e como ele está perdendo a luta contra a doença e seu tempo está acabando, ele queria se abrir comigo e tinha urgência e, então, ele viu uma boa oportunidade para me estimular, ou seja, ele jogou a isca e me fisgou, e fizemos a viagem que atendeu os anseios de todos. Ele estava em casa e não pretendia voltar mais ao Brasil e viver sozinho lá. Jacob estava repassando minha vida e me deixando conhecer o que eu não sabia a meu respeito e eu estou tendo a oportunidade de viver uma nova etapa da minha história.

É o momento de colocar em perspectiva esta minha nova etapa. Nós nos envolvemos, isto é um fato. Para mim, esta tem sido, de longe, a minha experiência mais intensa, como mulher. Descobrir toda a minha capacidade de sentir prazer foi uma surpresa nesta altura de minha vida, por que não sou mais tão jovem para me enganar com isso, acreditando que estou completa nesta relação e nem tão velha que não possa desejar, ardentemente, uma relação em que pese muito este aspecto dela. E não quero errar novamente e me esquecer que não sou a única envolvida. Quero saber o que Omar pensa a respeito disso e, mesmo correndo o risco de ter como resposta algo do tipo "foi legal, mas vamos seguir em frente", faço a última pergunta dessa nossa conversa de esclarecimentos: E nós?

Ele demora para responder e eu vejo o homem à minha frente me olhando sem nada a esconder. É difícil não interromper o silêncio e aguardar. Eu acredito nele e espero e, quando ele fala, me sinto perdida no mundo, sem chão, por que ainda sou uma confusão de sentimentos e se eu pudesse juntar a emoção que tenho quando penso em Victor, a atração que sinto por ele e o amor que sei que me liga a Jorge, todos numa única pessoa, ela se chamaria Omar.

Ele não quer continuar sozinho e me convida a fazer parte de sua vida nesta caminhada, não mais como colega de banco de ônibus ou só a mulher nua em sua cama, mas a parceira de vida.

Ele não desviou o olhar nem um segundo e nem houve gestos transloucados, mas pude sentir toda a emoção contida em seu pedido de casamento.

Eu disse não, não poderia ser diferente. Não falei que muitas mulheres matariam para se casar com ele e nem do tanto que me sentia lisonjeada, por que isso seria um desrespeito para com ele, naquele momento, embora, fosse verdade.

Eu falei de como me sentia. Falei a verdade. Não fingi sentimentos que não tinha. Não me enganei com a conversa que daqui a pouco vou me arrepender. Apenas disse o que aconteceu comigo naqueles dias: eu me tornara mulher de verdade. Tornei honesta com meus confusos, porém, meus sentimentos e que nunca havia desejado um homem como eu, ainda, o desejava. Deixei claro, também, que, em nenhum momento, planejei esta situação.

Não havia muito a explicar, ele me conhecia. Sabia que eu estava falando a verdade e que estava fazendo o melhor que podia para ser franca com ele e não me esconder atrás de uma falsa ideia de felicidade.

Então, ele se aproximou e me beijou e tudo o que veio a seguir foi prazer. E eu sabia que era nossa última vez e que era isso que levaria comigo dessa história; a lembrança inebriante destes momentos.

Eu iria à Paris sem qualquer amarra e ele buscaria sua parceira de caminhada e a encontraria. Eu não esperava nada de Victor, mas sabia que encontrá-lo seria como um encontro marcado comigo mesma. Omar se casaria e teria filhos e nós encerraríamos um capítulo de nossas vidas para iniciarmos um novinho em folha.

PARTE VINTE E SEIS

Na nossa lista de cem lugares para conhecermos, a Toscana estava entre as primeiras, mas devido as nossas condições financeiras adiamos alguns anos e só pisamos em Florença quando Jorge já estava estabilizado na empresa e nossos filhos não nos deixavam malucos dia e noite e podíamos deixá-los, com mais tranquilidade, com seus avós, depois de distribuir igualmente os dias para que elas não reclamassem de terem sido prejudicadas, por que elas adoravam ficar com os meninos e eu sempre imagino que eles (os meninos) se tornavam anjinhos ao lado delas, por que nunca recebemos nenhuma reclamação das duas partes.

Em Florença, visitamos museus, vimos o **Davi** de Michelangelo, admiramos o **Duomo**, pisamos as ruas estreitas calçadas com pedras e seus casarões ocres, ficamos extasiados com a cúpula da **Cattedrale di Santa Maria del Fiore** e nos hospedamos num ótimo hotel com vista para a **Ponte Vecchio**, onde nos amávamos muito, como se fôssemos recém-casados. No final do dia, subíamos a **Basílica di San Miniato al Monte** para admirar o pôr do sol que, com seus raios dourados e avermelhados, ilumina a cidade renascentista e nos dá a sensação de que tem coisas que são para sempre.

Depois de Florença, viajamos por várias cidades e vimos paisagens únicas, vinhedos ainda em inflorescência, a busca por trufas e comemos pratos maravilhosos e caros feitos com ela, as ondulações das colinas e, também, tantos passeios românticos, beijos e olhares apaixonados e a sensação de que éramos eternos e que o amor seria sempre o nosso lugar seguro.

Com o passar do tempo, minha memória guardou lembranças como estas em lugares que eu ainda desconheço e sobrepôs imagens destorcidas para me enganar e me fazer enganar.

Penso em Jorge tão íntegro, tão disposto a me amar sempre e transigir por minha causa e me emociono. Era tão simples amá-lo. Era muito bom ter a certeza que não haveria turbulências em nossa relação e mesmo diante dos percalços, continuar acreditando que a vida é possível e bela.

Quando cedi ao impulso de me aproximar de Victor, comecei a sobrepor imagens sobre as minhas memórias mais doces e desacreditei do meu casamento, o que, agora, já está perdendo a importância por que, à medida que descarto as personagens que criei, vou descobrindo que também aprendi muito a meu respeito. Não só sobre a minha visão conturbada de meus sentimentos, mas como pessoa, como mulher e todas as facetas de um ser inteiro, por isso, ir de encontro ao fator que desencadeou o caos sentimental em minha vida, é atender a minha maturidade exigindo saber quem é este homem que mudou a minha maneira de amar Jorge e, principalmente, a forma como tenho me amado por estes longos anos.

Paris ainda pode esperar. Jacob me aguardando para o chá da tarde e à noite, vou conhecer os meus parentes que moram em Londres, acompanhada por Omar que, depois de um interrogatório a respeito dos detalhes desta apresentação, deixou escapar que o negócio é chique e que preciso me preparar para um desfile de gente elegante, o que Jacob confirmou, um tanto constrangido por isso. Então, me preparo gastando uma parte do dinheiro extra que Jorge me presenteou e vou ao cabelereiro, compro maquiagem e roupas lindas numa loja exclusiva e, é claro, trago com as compras, um sapato preto altíssimo com aplicação de **strass swarovsk** pontilhando o final do saltoagulha, dando um toque de brilho. Diferente do *louge* de Guarulhos, desta vez não vou ser surpreendida.

Depois do nosso chá, Jacob me pede para acompanha-lo à biblioteca que eu ainda não conhecia e fico fascinada em meio a tantos livros e consigo imaginar meu amigo, em dias melhores, lendo um livro, sentado na poltrona confortável próxima à janela, tendo seu quintal com a linda horta como paisagem, mas agora ele está debilitado e percebo que para ele é um esforço extra segurar uma caixa, aparentemente pesada, antes de começar a falar.

Desde que cheguei em Londres, tenho vivido momentos intensos e sei que este é um deles. Jacob demora para começar a falar e eu o observo e, de repente, o reconheço de outros tempos. De quando eu era uma menina e ele sempre aparecia nos lugares onde eu estava. Ele é o homem do meu sonho que, na mercearia, me faz um carinho. Quero falar sobre isso com ele, mas sinto que o momento não é apropriado e então aguardo.

Ele respira fundo e me entrega a caixa. É uma linda caixa antiga, com um belo trabalho de marchetaria na tampa. Ela está trancada e a chave está na mão dele e, quando ele a passa para mim, diz que aquela caixa é a herança pessoal de meu bisavô e que ele a tem guardado por todos estes anos, esperando o momento certo de me entregar e a hora era esta, então abra, ele falou.

Fico sem saber o que fazer. Se abrir, estou aceitando a herança que minha mãe recusou? Se devolver a chave, meu amigo entenderá como um insulto?

Jacob sabe o que estou pensando e me dá a resposta que preciso: minha mãe sabia da existência desta herança e pediu que ele me entregasse no momento oportuno.

Depois da morte da minha mãe, eu e minha irmã decidimos abrir um inventário e incluímos minha tia na divisão dos bens.

Foi relativamente simples todo o processo e não tínhamos que pensar numa grande fortuna, era só o resultado do trabalho árduo de uma mulher que sempre soube o que queria.

Quando minha mãe recusou a minha herança, inclusive a genética, sabia que um dia Jacob a traria à luz, então vou assumir minha ancestralidade e ver o que tem dentro da caixa, mesmo porquê estou muito curiosa e não vou morrer sem saber o que é.

Lentamente giro a chave e abro a caixa. A parte de dentro da tampa é estofada com um tecido, possivelmente seda vermelha e um fino papel branco encobre alguns estojos de joias.

Abro sobre a mesa todos os estojos e não tenho palavras para descrever o que vejo. São peças lindas, que jamais vi em qualquer lugar, e olha que, apesar de não poder comprar muitas joias, costumo visitar joalherias sempre que tenho oportunidade, nem que seja para comprar um anelzinho.

Eu recebi como herança pessoal do meu bisavô Aziz, joias maravilhosas e não tenho certeza de que aceitar isto é certo. E se a família dele achar que foi lesada e me processar ou coisa parecida, pergunto a Jacob e ele diz que a família nunca teve conhecimento destas peças e que foram executadas em segredo depois que Aziz soube que a descendência de Ahmad era uma mulher. Insistiu que meu bisavô sempre quis me presentear com elas e que eu devia aceitar, mesmo por que, quando foi feita a divisão da enorme herança e que considerou Ahmad, meu avô e seu filho, mortos, a família decidiu por destinar uma pequena parcela do espólio para a filha de José Bezerra, portanto, eles não foram gentis; foram espertos, considerando que a maior parte que deveria ser sua, ele disse, ficou com eles. As joias são um pequeno ressarcimento pelo o que você perdeu.

Enquanto meu amigo fala, ele abre uma gaveta e retira um envelope grande e me passa e, novamente, fico sem saber o que fazer e ele me socorre, explicando o que tem no envelope. São documentos comprobatórios de transferência internacional de numerário para uma conta aberta em meu nome, no Brasil e é claro, que o banco é o que a família tem a maioria das ações. Junto dos papéis tem um cartão que posso desbloquear em qualquer caixa bancário e usar, mas preciso assinar os documentos para completar a transação legal. Noventa por cento do valor está investido em aplicações seguras e posso contar com dez por cento de imediato. E completa que ele, pessoalmente, tem administrado meu patrimônio e pode garantir que tudo foi feito para que nada se perdesse.

Antes de tecer qualquer comentário abro o envelope e leio atentamente alguns papéis para ter certeza de que os números estão certos.

Eu não consigo falar, ninguém precisa de tanto dinheiro e é o que falo. Você não precisa mesmo e pode fazer o que quiser com ele, ele diz. Faça o seu melhor, ajude alguém, repasse uma parte para sua irmã. E não desperdice, aplique bem e para o bem.

Foi tudo muito repentino e não conseguia pensar no que fazer e Jacob parecia cansado, precisava repousar, então, assinei a documentação e me tornei uma mulher muito rica e poderia usar qualquer uma daquelas joias para o jantar daquela noite sem correr o risco de ser apedrejada pelos descendentes de meu bisavô.

Mais tarde já meu quarto, Rachel foi oferecer ajuda para me maquiar e ela me conta que Jacob e família receberam um convite para o jantar, mas como ele está doente e Mario já tinha programado uma **vernissage** na galeria onde expõe, declinaram do convite e como são íntimos, não houve qualquer constrangimento por isso.

Rachel é uma mulher muito bonita e, embora eu ainda não a tenha visto com maquiagem, aceito a sua ajuda acreditando que ela deve saber o que faz, já que ofereceu e ela conta que sempre gostou de maquiar as amigas e aprendeu truques muito interessantes para realçar a beleza. Enquanto ela fala, penso que ela sabe como se portar num nível social que desconheço e preciso de dicas, por que não quero me sentir deslocada junto daqueles que se dizem meus parentes e faço perguntas, cujas resposta poderão me livrar de apuros mais tarde.

Ela me lembra que, embora meus parentes tenham origens árabes, especialmente os que estarão no jantar, estão bem adaptados à cultura inglesa, então, algumas regras consideradas rígidas no mundo árabe como a de não pegar comida com a mão esquerda, por que é a mão utilizada para a higiene no banheiro, em Londres esta regra poderá nem ser percebida pelos convidados.

Também não é de bom tom promover ou participar de em algumas discussões, não só num jantar árabe, mas em qualquer um que não tenhamos intimidade, a respeito de religião, política e sexo. A sexualidade é tabu, ainda nos dias de hoje, no mundo árabe, especialmente para aqueles que tem raízes mulçumanas.

E ela me pergunta se sei quem será o anfitrião do jantar e eu não tenho ideia, então fico sabendo que é costume levar um mimo para ele, ou ela, se for o caso, entro em pânico. Como vou chegar neste jantar com as mãos abanando? Ela tem a solução e me conta que Jacob tem uma adega fantástica e que ele já ofereceu uma preciosa garrafa que, segundo ele, está entre os melhores vinhos já produzidos.

Eu não tenho ideia se uma garrafa de vinho é um bom presente, mesmo porquê não sei nada a respeito do assunto, mas como não tenho opções, aceito a sugestão e fico muito agradecida.

Além da maquiagem, que marcou meus olhos e a boca fazendo-me sentir como uma legítima mulher árabe, e das dicas, Raquel me deixou mais segura ao afirmar que meu vestido longo confeccionado em seda pura, modelo kaftan lavanda transparente, aberto na frente a partir da cintura com meias mangas largas e um delicado bordado em pedraria em strass, finalizando as mangas e também cobrindo a transparência da parte acima da cintura e, embora, a parte das costas tenham ficado expostas, usei um top na cor da pele para evitar que parte de meus seios ficassem à vista. Para a parte de baixo, comprei uma calça fluida também em seda na cor lavanda sólido, formando um conjunto elegante e moderno. Para o caso de ser necessário, comprei um lenço no tom da calça, pensando em usá-lo sobre as costas, mas Rachel sugeriu deixa-lo solto sobre a cabeça e, mais tarde, eu poderia retirar quando me sentisse mais a vontade. O ponto alto da minha produção foram os sapatos que, além de lindos, afinaram minha silhueta em meio às camadas de tecidos. Ela também me ajudou a escolher uma joia que foi o toque que faltava para que eu me sentisse plenamente segura: uma pulseira em ouro branco cravejadas de diamantes e os brincos, nada discretos, mas lindos, também em ouro, montado em duas partes, a primeira, uma gota de safira dentro de uma moldura de diamantes lapidados e a segunda, com o mesmo padrão e com as pedra maiores. Ligando as duas partes, um fio de diamantes com três pedra maiores do que as das molduras, sendo que a pedra do centro, é bem maior. Na verdade, a beleza desta joia é um escândalo e usá-las me dá uma sensação de poder imensa, embora eu saiba que isso não seja real, que o verdadeiro poder vem de dentro da gente, quando estamos seguros do nosso lugar, onde quer que estejamos, mas uma ajudazinha externa facilita muito.

Já era a hora do jantar na casa de Jacob quando Omar chegou para me buscar. Jacob me entregou pessoalmente uma cesta com o vinho com um punhado de frutas secas e pedaço generoso de queijo, provavelmente um daqueles que nunca ouvi falar, embalado em celofane e beijou minha testa, depois de fazer um elogio e fiquei emocionada, me sentindo uma menina indo ao baile pela primeira vez com o apoio do pai.

Omar, educadamente me cumprimentou e concordou com Jacob a respeito da minha aparência e ele também estava muito elegante num terno preto com gravata prata tradicional e eu senti uma vontade imensa de abraça-lo e a custo me contive.

O mesmo motorista que nos pegou no aeroporto na nossa chegada, estava dirigindo o Audi e nos abriu a porta de trás para entrarmos. No caminho Omar pediu para parar o carro e me convidou para um passeio rápido num parque, onde muitos londrinos ainda aproveitavam o frescor da noite de primavera.

Eu não queria sair vestida como estava e também por que suspeitava que ele queria falar sobre nós, mas fiquei sem escolha e desci e mal começamos a andar ele parou e segurou minhas mãos.

E repetiu que podíamos nos casar e ser felizes e, então, pela primeira vez consegui ser muito clara com ele e disse que, com certeza, eu poderia ser feliz vivendo com ele, mas que ele não. Falei que ele era um homem em busca de uma família e que eu já tinha uma e não poderia lhe dar isso, que já tinha meus filhos e não queria uma nova gravidez na idade que eu estava e que ele sim, ele queria e podia ter isso. Completei dizendo que não poderíamos manter por muito tempo uma relação baseada em sexo, por melhor isso fosse, por que as expectativas de cada um eram diferentes. Eu sabia que o que ele queria quando resolveu voltar para Londres e, segundo ele, para dar um novo rumo na vida.

Por mais que a química entre nós tenha sido perfeita, eu não perdi minha sensibilidade e não foi difícil adivinhar o rumo que ele queria dar na sua vida. E falar claramente com ele, com certeza, o trouxe para a realidade. Eu não poderia lhe dar a realização de seus sonhos, embora, me imaginar dormindo ao seu lado todos os dias era uma grande tentação. Ele tentou rebater minha lógica e não foi feliz por que, no fundo, ele sabia que era isso e só isso, então, aceitar era o caminho mais rápido para que voltássemos a ser amigos e seguir nossas vidas.

Ele beijou minha mão e me olhou por um longo tempo e depois sorriu e entendi que ele, finalmente, compreendera que não poderíamos seguir juntos e voltamos para o carro e seguimos para o jantar.

Antes de chegarmos ao restaurante, ele me falou algumas coisas importantes do tal encontro da família. Primeiro, a família era grande e que os quatros principais lideres estariam presente e eles me recepcionariam na entrada. Quatro? Eu só estava levando um presente! Ele me acalmou e disse que ficariam na ordem de ascendência, da maior para a menor, ou seja, o primeiro seria meu tio avô e os demais seriam seus filhos ou filhos de irmãos já falecidos. O último era o pai de Omar, então, o presente era para o primeiro. Que alívio!

O restaurante, que pertencia à família, fora fechado para esta recepção e cerca de 80 pessoas estariam presentes e era bem possível que estas pessoas viessem me cumprimentar e que, se algumas delas me trouxessem presentes, eu deveria considerar isso normal e que só devia agradecer e abrir o presente na hora e não me preocupar com retribuição.

Também me alertou de que o cardápio seria de comida árabe e que eu poderia experimentar o que quisesse, mas não estava obrigada a comer o que não queria.

Por fim, me mostrou espécie de bolsa toda bordada e explicou que fora Rachel quem entregara ao motorista. Lá dentro tinha um par de sapatilhas que eu poderia usar mais tarde, quando ficasse cansada.

Rachel, realmente, é uma pessoa muito atenciosa! Ela deve ter passado por alguma situação semelhante e se antecipou em meu socorro. Abri a bolsa e, de fato, dentro tinha um delicado par de sapatilhas todo bordado com strass, uma verdadeira obra de arte. Olhei bem o tamanho e vi que me serviria, então, vamos ver por quanto tempo aguento um salto agulha com oito centímetros de altura!

Chegamos ao endereço sofisticado e meu coração batia forte. Omar segurou minha mão e me ajudou a descer do carro e, sentindo que eu estava gelada, procurou me acalmar dizendo que eu estaria entre amigos e parentes e que, se eu não me sentisse à vontade lá dentro, era só falar e ele me levaria de volta para a casa de Jacob, então, respirei fundo, segurei o presente para meu tio bisavô e pedi ao motorista para cuidar bem das sapatilhas de Rachel e, de braços dados com Omar, pisei firme e andei até a porta do restaurante e, antes do meu amigo abrir a porta, ela foi aberta e vi a fila dos líderes da família me esperando. Quase me virei e corri para o carro. Nunca vou entender por que estava com tanto medo de encontrá-los!

PARTE VINTE E SETE

Acordei no meu décimo dia de viagem e estou, novamente em Londres e me sinto bem diferente da mulher que embargou no Aeroporto Hercílio Luz em Florianópolis.

É verdade que estou mais rica. Muito mais, mas as mudanças reais são as que aconteceram em outro nível.

Passei três dias em Berlin com meu filho mais novo, Thiago, que se tornou um homem bem diferente do adolescente que tanto trabalho me deu.

Ele e Dária, sua esposa, trabalham em casa e fazem o processo de conexão tecnológica desenvolvida por nossa empresa no Brasil com uma empresa alemã, o que, com as inovações ocorridas nos últimos anos, eles poderão realizar este trabalho em qualquer lugar do mundo através da internet, então, a opção de ter filho no Brasil é bastante razoável, mas eu discordo e procuro uma forma que não seja agressiva de dizer isso a eles.

Tenho orgulho de ser brasileira, mas acho que nacionalismo exacerbado pode levar as discussões para longe da realidade da maioria e abrir espaço para oportunistas inescrupulosos e o que meu filho defende é algo romântico do tipo eu nasci no Brasil e quero que meus filhos também nasçam lá, mesmo que o país figure no septuagésimo quarto lugar na lista de Índice de Desenvolvimento Humano, enquanto que a Alemanha está em sexto lugar e não adianta mostrar estes dados para ele por que ele retruca e diz que, este ano, dois mil dezesseis será bem melhor do que o ano passado.

Nos vemos tão pouco nos últimos anos e não quero usar estes momentos com discussões, então, falo que são eles que devem decidir como querem ter o filho e, da minha parte, vou amá-lo do mesmo jeito. Antes de voltar a Londres disse-lhe que a dupla cidadania não faria do meu neto menos brasileiro e acho que acertei o tom, pelo menos, ele não retrucou.

Estou em compasso de espera para ir a Paris por que Victor precisou de alguns dias para se organizar. Eu já fiz as reservas e será minha surpresa para ele, afinal, quero realizar algo parecido com um sonho que tive por muitos anos e estou me dedicando a isto. Foram anos de espera e, agora, falta pouco para acontecer.

Omar não está em Londres, foi à Marrocos e não me convidou, então, acredito que ele está buscando uma esposa, no entanto, se eu atender os convites de meus parentes, todos os dias teria compromisso, mas não aceito, por que quero ficar mais tempo com Jacob que andou nos dando um susto e precisou de internação, por isso voltei de Berlim antes do programado.

Agora ele já está de volta à sua casa, mas precisa fazer hemodiálise três vezes na semana e acho que isso é muito desgastante para ele.

Mario, que fez uma exibição só para amigos da sua nova exposição no dia em que fui ao jantar oferecido por meus parentes, me convidou para o coquetel de abertura ao público e aceitei. Foi a oportunidade para usar o bracelete que Omar me deu, aproveitando a noite fresca e pude ficar com os braços descobertos. Fiquei impressionada com a capacidade artística de Mario. Quando Jacob me contava passagens da vida de seu filho em nossas viagens de ônibus, eu o imaginava um pouco desmiolado, meio hippie, despreocupado. Ao conhece-lo percebi que, realmente, ele é muito tranquilo, mas, de jeito nenhum, desmiolado no sentido de não ter critérios e nem objetivos de vida. Sua obra é muito honesta e um tanto crua. As cores fortes imprimem tenacidade e busca. Fragilidade e entrega. Composições que se ajustam e dão sentido aos traços firmes e intuitivos. Estar entre aqueles quadros foi uma experiência muito marcante, provavelmente, por que ela me mostrou um homem bem resolvido e maduro, incapaz de mentir em sua obra.

Raquel é a metade que completa um outro quadro muito interessante. Ela é inteira nesta relação, tem vida própria e o sucesso da sua outra metade não a ofusca, ela continua brilhando sem precisar holofotes. Em silencio ela tece o seu pano de fundo para que outros cresçam e se fortaleçam. Ela é presidente de uma ONG que atende crianças de famílias de baixa renda, ofertando bolsas de estudos nas melhores escolas privadas do Reino Unido e que dá apoio para as famílias, especialmente aquelas que dependiam da ajuda das crianças beneficiadas.

Eu confesso que pensei que o casal vivia às expensas de Jacob. Como é fácil fazer julgamentos! Eles administram o tempo para que a vida flua serenamente. Cada um ajusta seu tempo para ter tempo de viverem juntos. É uma receita muito particular para ser feliz. Acho que isso é o encontro da decantada alma gêmea.

Ainda não comentei com ninguém sobre a minha nova situação financeira, quero fazer isso na minha volta ao Brasil, o que, ainda, não tem data marcada.

As joias herdadas de meu bisavô estão guardadas no cofre da casa de Jacob. Depois do glamoroso jantar, eu não usei mais nenhuma das peças feitas com exclusividade para mim.

Espero por Victor, mas ainda penso em Omar e não nego que deixa-lo ir não foi tão simples como eu gostaria. O que tivemos foi muito intenso para acabar simplesmente. Mas quero manter o foco no que quero e não vou abrir mão de meu caráter. Fingir que poderia dar a Omar a vida que ele está esperando construir, depois de tudo o que ele sofreu, seria voltar a carregar um saco de culpas e lamúrias, das quais estou me livrando pouco a pouco, num processo de cura que vai me tornar melhor e mais forte.

E finalmente Victor confirma que comprou a passagem, então, vou me encontrar com ele daqui a cinco dias.

Ele não sabe nada da hospedagem. Eu apenas disse que havia providenciado e que seria uma surpresa e que também o buscaria no aeroporto, assim, um dia antes de sua chegada, me despeço de Jacob e sua família e faço a viagem de avião.

Eu queria muito ter feito esta viagem de trem, mas precisei comprar mais uma mala para carregar minhas novas compras, incluindo guarda-chuvas e carregar duas malas grandes e ainda as frasqueira, agora mais pesada por causas de algumas joias que resolvi levar e minha bolsa a tiracolo, me arrastando pela estação e ainda ter que acomodá-las no espaço, normalmente apertado, dentro do trem, seria um grande transtorno, por isso optei ir de avião e aproveitar para conhecer o Aeroporto Internacional Charles de Gaulle, que todos o chamam de CDG e o trajeto de cerca de trinta e cinco minutos até o hotel.

A maioria das joias que ganhei, especialmente as mais caras e o precioso tapete, Jacob se ofereceu para enviar através de malote bancário, para um cofre no banco no Brasil onde foi aberta a minha conta de herança e, através de seus contatos, resolver todas as questões alfandegárias para que não ocorresse nenhuma situação desconfortável no meu retorno ao país. Jacob é muito mais do que o pai que desejei ter e sinto um aperto no coração ao me despedir dele, sem ter a certeza de que ainda o verei novamente.

Mario e Raquel me acompanharam até o aeroporto e me ajudaram com a bagagem. Como estou viajando, novamente, de primeira classe, as formalidades de embarque internacional foram resolvidas mais rapidamente e pude aguardar meu voo no *lounge*, sabendo que, ao chegar no CDG, eu teria o apoio de um motorista contratado pela companhia aérea me aguardando para me ajudar com as malas e que me levaria até o hotel, por isso optei por pagar mais caro pela viagem.

Mal tomei um drink e já devo embarcar e os passageiros que pagam mais são os primeiros a entrar e, embora a viagem seja de apenas duas horas e trinta minutos, este será um período de muito conforto e chego em Paris antes de ter tempo para pensar no passo que estou dando, totalmente envolvida pelo sentimento de que vou passar a limpo algo que marcou profundamente todo o meu ser.

A recepção no aeroporto foi perfeita. Fui recebida pelo motorista uniformizado que me acompanhou para a esteira e carregou as malas até o carro. Carro? Não era só um carro, era uma BMW 535i Sport branca e lá dentro, sentada no banco de trás, novamente senti o prazer que o dinheiro pode comprar e, por cerca de trinta e cinco quilômetros, desfrutei do bem-estar de andar naquele carro, até chegar no hotel. No Ritz Hotel de Paris, que foi reinaugurado recentemente e que faz parte de meu sonho.

Quando Paris foi colocada na lista dos cem lugares que queríamos conhecer, eu disse a Jorge que a hospedagem tinha que ser no Ritz. Gostava de pensar que eu estaria no mesmo lugar onde personagens icônicos estiveram como Ernest Hemingway e meu escritor preferido Marcel Proust que teria escrito as páginas de Em Busca do Tempo Perdido no salão onde hoje tem o seu nome.

E quando desci do carro, após o motorista abri-la, juro que me senti uma Coco Chanel, que morou no hotel por trinta anos, e admirei a fachada de palacete em frente à Praça Vendôme, tentando não demonstrar para o funcionário do hotel que estava levando minhas malas até a recepção, o meu fascínio por tudo o que via, E depois de feito **check-in**, me permiti admirar o lobby, com o pé direito alto, as molduras no teto, as colunas, os lustres de cristais e os móveis. Tudo luxuoso como devia ser.

Sem perder o encanto por tudo ao meu redor, recebi a chave da suíte que reservei e quando me virei, fui abordada por um homem que se identificou como o meu concierge.

Desta vez, já sabendo que este serviço está disponível para clientes que o contratam, não hesitei em dizer que havia um engano, eu não o contratei e ele insistiu que não havia erros e voltamos para o recepcionista que confirmou que minha reserva foi atualizada para uma suíte superior e com o tal serviço incluído. Foi Jacob, pensei. Mesmo doente e frágil, continuava cuidado do meu conforto.

Antes de viajar para Paris, fiquei ao lado dele no hospital durante o processo de hemodiálise e conseguimos conversar um pouco sobre o que eu queria fazer no meu futuro próximo e contei-lhe sobre Paris e a minha esperança de realizar o meu fadado sonho de me encontrar com Victor.

Diferente da primeira vez em que estive neste mesmo hospital ao seu lado durante o tratamento, não muito dias atrás, ele agora estava muito abatido e cansado e nossa conversa não foi tão intensa como aquela primeira, quando somente ele falou. Nesta ele me ouviu, com seus olhos azuis me fitando, num esforço de se manter atento e não perder nada do que eu dizia.

O pouco que ele falou foi em português quase sem sotaque, que o meu verdadeiro sonho ainda não tinha vindo à tona, mas que não era má a ideia de fazer esta tentativa e completou que eu tinha que viver tudo o que podia e tinha direito. E que, principalmente, tinha que viver tudo o que me traria felicidade e paz de espírito.

Após um breve descanso ele continuou dizendo que eu precisava sempre dar um **up** em tudo o que fizesse. Sempre melhorar, no mínimo, um degrau, fazer mais do que acreditava que devia e rir dos pequenos contratempos e se abrir às surpresas.

Então, recebo este **up** na minha hospedagem como uma boa surpresa e dou um sorriso para o solícito concierge esperando por comando que, felizmente, fala um impecável inglês e só isso já me é de grande ajuda, uma vez que o francês que saí da minha boca se resume a um sim e um muito obrigado, e vou conhecer a suíte executiva, um degrau acima da Junior que havia contratado e logo vou descobrir o que já havia visto em fotos: foi um degrau e tanto e, mesmo tentando me conter, continuo extasiada como uma criança na noite de natal e vou até as amplas vidraças e admiro a tranquilidade do *Grand Jardin*, exibindo um plácido tapete de grama verde e suas árvores podadas, trazendo equilíbrio para o olhar.

A suíte me remete a uma casa francesa que vi em algum filme, com poltronas convidativas dispostas na amplitude silenciosa com toda a claridade do sol, que não pede licença e inunda o ambiente e faz brilhar os muitos detalhes ao redor como os cortinados em cores claras, os quadros por todas as paredes, abajures e vasos com flores frescas. Meus olhos são estimulados a olhar e me distraio neste banquete de novidades e sou despertada por meu concierge que, educadamente, pergunta se está tudo bem com minhas malas e se pode dispensar o carregador. É claro que era a hora da gorjeta e eu não sei quanto devo dar, sem parecer uma perfeita idiota, neste novo mundo que estou pisando. Recebo a orientação e entrego a nota de euro sugerida e ganho um sorriso caprichado do funcionário.

Mais tarde, combino com Jules, este é o nome do concierge, o que vamos fazer juntos, e entrego-lhe algumas notas de euros para que ele cuide das gorjetas, já que isso será sempre um momento constrangedor para mim e, no final da minha estadia, ele faz um acerto de contas.

É manhã ainda em Paris e o sol brilha, então, quero aproveitar o dia e conhecer a praça **Vendôme** com suas finas joalherias, as mais caras do mundo, e as lojas de moda, à frente do hotel e mais tarde vou fazer um tour pelo hotel e peço para que ele me espere no lobby para que me acompanhar.

Olho para as minhas malas e as acho bonitas, mas, definitivamente, não combinam com o esplendor ao redor, então anoto na cabeça que vou comprar um conjunto que faça jus a este lugar e me visto com uma roupa (e calçado) mais apropriada para um passeio a pé e, quando estou separando minhas joias que estão na frasqueira para deixa-las no cofre, meu telefone toca e na tela vejo o aviso de que é Victor, não mais Angélica, e sinto meu coração bater mais forte.

Quando me meti nesta empreitada para realizar um sonho, fui fazendo as coisas por impulso e ao ouvir Victor dizer: "vamos à Paris", dei um salto no escuro. Inconscientemente, passei a acreditar que este era um sonho compartilhado e que nós tínhamos urgência em realiza-lo.

Nunca pensei em possíveis dúvidas da parte dele e nem mesmo conversei sobre isso com ele. Nossas conversas por telefone se resumiram em acertos práticos e raros comentários a respeito do significado deste encontro: "como estou ansioso por te ver", que eu interpretei como "quero muito te ver" e, da minha parte, apenas dizer que finalmente estaríamos juntos.

Eu atendo o telefone e ele vai direto ao assunto. Ele está no aeroporto em Florianópolis para um voo fretado para São Paulo, mas ele não vai embarcar. O que aconteceu? Ele percebeu o quanto era absurdo nos encontrarmos e ainda num outro país, depois de tantos anos e de tanta vida vivida em separado.

Ele confessa que me culpou por ter tomado caminhos acidentados ao longo da vida, mas não pensa mais isso. Ele diz que no passado. se precipitou e não considerou que eu tinha uma vida estruturada com marido e filhos e que não seria simples tomar uma decisão, mesmo que eu desejasse seguir com ele. Agora ele sabia disso e que já era muito tarde. Ele estava tentando viver uma vida honesta, sem impulsos e sem arrogância. Devíamos ser amigos e deixar a água com lodo de nossas lembranças ser limpa.

Minha boca não emitiu qualquer som por algum tempo até meu coração se acalmar. Enquanto eu o ouvia, também relembrava nosso último encontro e fui colocando na balança meus erros e os deles e, por fim, a balança ficou equilibrada. Avaliei o quanto de verdade havia colocado na esperança absurda de concertar erros de muitos anos numa pequena empreitada e enxerguei o absurdo do que pretendia realizar, então, quando chegou a minha vez de falar, apenas concordei com ele e senti que minha visão se tornou mais aguda e as cores ganharam mais brilho. Sim, vamos ser amigos, vou vê-lo no Brasil e tomaremos um café em algum lugar aconchegante e perguntarei como estão seus filhos enquanto conto que em breve serei avó, pensei em falar, mas o que disse é que poderíamos sim ser amigos e deixar o tempo fazer o resto.

Desligo o telefone e me sento numa **_chaise long_** pensando que o engraçado disto é que não vou chorar por que não tenho nenhum desapontamento e que o alívio que sinto é por que estou em vias de dar um **up** como mulher. Será que virá outro sonho à tona, como disse Jacob? De qualquer forma, mais uma lição foi aprendida, a que um amor baseado em emoção não se sustenta, apenas fere.

É um dia deslumbrante e vou sair e nada poderá me fazer voltar para o lugar escuro onde estive por tantos anos. Eu e Victor fizemos nosso acerto e daqui para a frente seremos amigos ou apenas lembrança um do outro.

PARTE VINTE E OITO

À caminho para o jantar com os que seriam meus parentes, depois de me entender com Omar a respeito de nossa relação, fiz muitas perguntas diretas a respeito de como devia me comportar em meio a um grupo social e cultural do qual não tenho intimidade e de quem tinha apenas informações obtidas através de leituras eventuais ou conversas descompromissadas e fiquei sabendo que a maioria dos presentes eram de origem cristã e alguns poucos muçulmanos nada ortodoxo.

Apesar disto, ele me deixou perceber que a formação social do grupo era, também, patriarcal, considerando que os líderes da família me recepcionariam na porta e todos eram homens, então pensei que, como acontece em nossa sociedade, naquele grupo específico, havia uma mescla de hábitos e costumes herdados que foram sendo mantidos e se tornou cultura entre eles e fiquei com uma vontade daquelas de abrir uma discussão a respeito do poder feminino na formação familiar, mas calei a boca por que não queria me decepcionar com Omar, caso ele defendesse a supremacia masculina.

E foi com este espírito que cheguei ao restaurante e, felizmente, meu primeiro contato com os homens da recepção, foi quase como encontrar um amigo italiano que não via há muito tempo.

Sabendo que deveria usar ao máximo a minha mão direita e ainda bem que esta é a minha mão boa, antes dos cumprimentos entusiasmados, entreguei a linda cesta com o precioso vinho, um tanto encabulada, ao primeiro da fila que a recebeu também com a mão direita e repassou para o recepcionista, e consegui perceber que este fez o mesmo e a colocou sobre um pequeno balcão, que deveria ser a recepção do restaurante. Também recebi um presente e fiz o mesmo e só depois desta troca de presentes e com as mãos direitas desocupadas é que recebi o cumprimento com um aperto de mãos junto com desejos de felicidades, vida longa, sucesso e muitas coisas boas e isto me desarmou e sorri, um pouco mais desinibida, mas ainda com alguma cautela.

Depois de primeiro momento formal, os outros membros do comitê de recepção se juntaram ao meu redor e cada um foi me entregando um presente e eu, que aprendo rápido, fui entregando ao homem da recepção que repetiu o procedimento e várias mãos apertaram a minha, repetindo votos felizes na mistura de idiomas e, antes que eu estivesse preparada, outros homens e as mulheres também, estavam à minha volta e todos falavam ao mesmo tempo e, neste pequeno tumulto, nem percebi que já estava pegando os presentes que me davam com a mão esquerda e até devo ter dados alguns beijos em bochechas desconhecidas, além de abraços respeitosos e desejos de felicidades em português.

Enfim, de cara entendi que eu estava no meio de um grupo bastante heterodoxo e que aquela formalidade inicial foi o meio que eles encontraram para me homenagear.

Mesmo assim, não me deixei levar pelo entusiasmo e fui até o balcão, onde meu tio bisavô estava mostrando a todos a preciosidade que eu havia levado e já recebendo propostas para abrir a garrafa e ele se negando a isso, e comecei abrir os presentes, que eram muitos e todos estavam identificados com um pequeno cartão com o nome e alguns, com um número de telefone.

Abri, cuidadosamente cada um deles, com um medo danado de ser repreendida em público por usar a mão esquerda, mas não conseguia fazer estre serviço sem o uso das duas mãos e agradeci, citando o nome da pessoas que havia me presenteado e, intuitivamente, resolvi fazê-lo em três idiomas: obrigada, no meu lindo português, **thank**, no inglês falado pela maioria e, chukran (transcrição fonética da palavra de agradecimento شكراً) do árabe, uma das poucas palavras que aprendi com Jacob e acho que isso foi uma coisa boa a fazer.

A medida em que eu apresentava o presente e fazia o agradecimento, aplausos eram feitos e não sei se eram para a pessoa que tinha dado o presente ou se eram para mim. A maioria dos presentes eram joias e sobressaía o ouro das peças, mas também ganhei frascos de perfumes que imaginei serem preciosos, um tapete persa com cerca de um metro de comprimento, com um desenho tão minucioso e perfeito que parecia uma pintura e não tecelagem que recebeu o maior aplauso dos presentes, vários objetos de decoração, com certeza exclusivos, e peças de seda, em cores que jamais imaginei existir.

A medida que eu devolvia o presente para o balcão, o homem da recepção, rapidamente o embalava de novo e o guardava numa caixa que deve ter sido trazida para este propósito, o que me deixou muito agradecida, por que eu não estava preparada para esta surpresa e não saberia o que fazer com os embrulhos.

Depois de abrir todos os presentes, achei que era de bom tom falar algumas palavras e, embora meu inglês não seja péssimo, falar para um público, mesmo pequeno, não foi uma tarefa fácil, mas consegui falar da minha emoção por estar ali e que o valor real de um presente é a dedicação e carinho da pessoa que o entrega e que estava me sentindo muito querida naquele momento e não sabia como poderia retribuir.

Aplausos novamente e, desta vez, com o **_zaghareet_**, o conhecido gritinho árabe, que me deixou arrepiada.

E logo surgiram os garçons oferecendo bebidas e Omar que havia sumido do meu campo de visão, reapareceu e eu o acompanhei pelo salão enquanto era apresentada para as famílias presentes e, mais tarde, um buffet com o jantar foi exposto e para a minha surpresa, entre os quitutes árabes, vários pratos do Brasil figuraram como estrelas.

Após eu me servir, Omar me levou para sentarmos numa mesa onde já estavam o tio bisavô e sua esposa e eu precisei ficar atenta ao procedimento de comer somente com a mão direita.

Depois do jantar e das sobremesas maravilhosas, a música e as danças correram soltas e precisei mesmo das lindas e confortáveis sapatilhas que Raquel me emprestou depois de ceder ao estímulo incontrolável, no melhor conceito destas palavras, e dançar ao som de músicas, cujos sentidos das palavras eu nunca entendi, mas o sentido sensorial, ah! Este sim, devo ter, realmente, no sangue.

Estava exausta quando voltei para a casa de Jacob e com a certeza de que estive entre parentes de sangue e que, de alguma forma, isto nos ligaria para sempre e foi o que disse a Omar, na despedida, quando ele tentou me beijar e eu recusei. Alguém tinha que dar o primeiro passo para encerrar, de vez, este capítulo de nossa história, e mesmo que meu corpo tenha insistido para seguir com ele, eu sabia que não poderia, então, deixei ele carregar a caixa de presentes até a linda varanda da casa e dei-lhe um beijo no rosto e recebi um sorriso de volta e acabou. Então, fechei a porta e fui para o meu quarto feliz por estar comigo novamente.

Acordei quando já era hora do lanche do meio dia e, depois de um longo banho, fui me encontrar com a família na sala de refeições e tínhamos novidades para contar: eu, por causa da festa e Mario, pela première de sua nova exposição e me senti como se na minha própria casa e foi uma sensação muito boa.

Depois, ainda com todos, abri novamente os presentes e pude admirar cada um, além de receber informações sobre a origem e o uso de cada um. As joias eu poderia usar todas de uma só vez, se quisesse, mas, o bom senso ocidental mandava guardar num cofre e, a respeito disto, fiquei sabendo que, em alguns países árabes é comum as mulheres usarem todas as suas joias para o caso do marido querer se separar e ela ter que ir embora e só pode levar o que está vestindo. Para nós que temos a liberdade de tomar decisões, esta situação é muito triste, mas a vida é como é e a gente faz o melhor para sobreviver a lembrança de minha mãe me repete e vejo nestas mulheres o melhor exemplo para esta frase.

Jacob considerou o meu tapete como um presente raro e muito valioso, então, ele foi guardado com as joias e, embora eu não faça a pergunta, fico curiosa para saber o tamanho do cofre. A sedas, também caríssimas por que, além de puras, suas cores são raríssimas e muito difícil de conseguir, Jacob disse que eu deveria guarda-las em minha mala. E, quanto aos três frascos de perfumes, que abri para sentir o aroma, fui informada que um deles custava mais do que o meu último salário e os outros também eram caríssimos e, ao sentir as notas de saída, constatei que eram divinos e temi quebra-los acidentalmente e então, para evitar acidentes, os guardei embrulhados nos panos de seda e os panos em sacos de plásticos bem fechados para evitar a entrada de ar e poeira.

Depois de mostrar os presentes e guarda-los, devolvi a sapatilha de Raquel e avisei a todos que gostaria de fazer um jantar à moda brasileira, se me permitissem e todos gostaram da ideia e Jacob sugeriu um frango com quiabo, comida típica de Minas Gerais que eu amava e sabia fazer muito bem. O problema era achar quiabo em Londres, mas eu ia procurar.

Mario disse que já havia comido quiabo num restaurante paquistanês, então, liguei para Omar e pedi sua ajuda. No restaurante não consegui informações por que o chefe da cozinha só trabalhava à noite e só ele comprava os alimentos para cozinhar, então, um pouco depois, numa rua transversal, encontramos uma feira parecida com nossa feira de rua e encontrei o quiabo, vendido em porções, à preço de ouro. Comprei três porções e negociei com o feirante, por fim, consegui quase vinte por cento de desconto. Depois passamos num grande supermercado e comprei o frango e temperos. A noite servi o prato acompanhado de arroz branco e salada de tomates com alface e sobrou muito pouco para a governanta experimentar. Pelo menos ela aprendeu a receita poderá repetir quando quiser.

Dois dias depois, viajei de avião para Berlin para abraçar meu filho mais novo.

Voltei para Londres quando Jacob foi internado e, quando ainda estava na França, precisei voltar novamente para a celebração fúnebre do meu amigo e pai adotivo. Ele não deixou que me chamassem quando foi internado novamente e quando liguei para falar com ele, ele já tinha partido.

PARTE VINTE E NOVE

Paulo, meu filho, passou meia hora ao telefone tentando me explicar como eu deveria baixar um aplicativo no meu celular para melhorar a nossa comunicação, mas não consegui e, como estou usando um celular descartável, vou deixar para atualizar o meu quando voltar ao Brasil.

Recebi, também, ligações de Omar, dizendo que já está de volta a Londres e de Jorge, me perguntando como estou, se preciso de algo e antes que eu respondesse, disse que fez um depósito em minha conta, a título de antecipação dos honorários da empresa.

Jorge é assim, se preocupa comigo e sempre está à frente das minhas necessidades, incluindo coisas materiais. Quase contei a ele sobre a herança e que poderia ficar viajando o resto de minha vida e ainda assim não gastaria tudo o que tenho, mas não falei nada. Quero voltar ao Brasil, reunir a família e falar com todos ao mesmo tempo. Tenho planos e não quero divulgar nada até ter certeza do que fazer.

Paris me assedia a alma e toda vez que piso a calçada em frente ao hotel sou sua refém e me delicio em seus braços.

Não sinto falta de Victor. Não sofri, não chorei e nem tinha motivo para isso, por que nunca existiu o nós. Por fim, acordei e vi que aquela história já tinha acabado e que eu apenas negava isso, com medo de nunca mais sentir o arrepio que seu olhar me provocava. E se senti arrepios ao revê-lo, foi apenas por uma lembrança. Nós não somos mais os mesmos, assim como nossos sentimentos.

Estou terminando o processo de cura por feridas que eu mesma causei e estou me preparando para deixar o meu verdadeiro sonho vir à tona, como Jacob profetizou. Por enquanto, gosto de me sentar num café e tomar uma xícara em silencio, admirando as folhas cair de uma árvore e descrever desenhos no ar. Quando ainda éramos estudantes, eu e Jorge passávamos um tempão brincando de descobrir as mensagens das folhas ao vento. Eram mensagens de amor e muitas vezes, do nosso futuro. Teríamos filhos, seríamos uma família moderna e sem discórdias.

Ontem, no final da tarde, fiz um passeio de uma hora pelo Rio Sena, saindo próximo da **Champs Elysees**, num barco privado e, contratado apenas para hóspedes do Ritz. Como tinha chovido no início da tarde, haviam poucos passageiros a bordo e, acho que por causa da atmosfera intimista e da boa música, além, é claro, do delicioso vinho servido, pensei que seria bom desfrutar deste silencio ao lado de Jorge. Ao passar pela **Notre Dame**, ouvimos, emocionados, a **Ave Maria de Schubert** e logo depois, as luzes começaram a ser acessas e, quando chegamos na Torre Eifell, ela estava toda iluminada, o que foi um espetáculo à parte e eu gostaria de ter dividido este momento com ele.

Senti falta dele em diversas ocasiões nesta minha estada em Paris, mas muito mais quando voltei para Londres para acompanhar o funeral de Jacob. Queria muito tê-lo ao meu lado para ajudar a me segurar com esta dor.

Me lembrei do dia que Jacob contou que estava voltando para Londres e eu desabei. Foi quando me dei conta do tanto que me importava com ele e de como ele era importante na minha vida e entrei em nossa casa aos prantos e Jorge me abraçou e riu ao me dizer que Jacob estava vivo e que eu poderia vê-lo quando quisesse e completou que podíamos viajar para Londres para visita-lo. Mas Jacob não está aqui e sinto falta do conforto de do abraço de Jorge como nunca mais senti. Pois é, não quero Victor ou Omar me confortando, quero Jorge e isso me é como uma revelação.

Volto a Paris, ainda tenho duas diárias pagas e vou usar uma para fazer um curso de oito horas na escola de culinária do hotel, por que Jules fez a inscrição quando programamos todos os dias de minha estada, exceto o último dia, que deixei livre, para fazer compras no **La Vallée Village** e aproveitar as vantagens do **tax free** por que ainda penso que preciso economizar quando posso. Também vou comprar produtos maravilhosos para a pele em farmácias, onde produtos conhecidos internacionalmente por sua qualidade custam um terço do valor no Brasil e, ainda, vou visitar uma loja que só vende malas de viagem e escolher um conjunto sensacional para voltar ao Brasil com muito glamour, mesmo que meu coração esteja de luto.

Minha última noite em Paris reservo para um jantar requintado no **Les Jardins de L'Espadon.**, aqui mesmo no hotel, quando estreio uma roupa especial de uma grife famosa que comprei numa promoção no **La Vallée Village** com cinquenta por cento de desconto.

Tudo o que vivi em Paris me impressionou, mas estar no **L'Espadon** foi uma experiência inesquecível. A sala de refeições com o teto pintado e emoldurado por lindas sancas douradas, as janelas em arcos, os cristais da Boémia e toda a decoração digna de um palácio, me deixaram extasiada. Para o jantar, escolhi o menu de degustação e não me arrependi. Para acompanhar, pedi champanhe e estava perfeito, e o serviço foi impecável, e todos os que me atenderam falavam inglês, o que me salvou de dar um vexame.

Assim que me sentei à mesa, recebi um recado, discretamente entregue pelo maitre. Um homem na casa dos cinquenta anos, que também estava sozinho, queria desfrutar de minha companhia no jantar. Aceitei e fui agraciada com uma interessante conversa a respeito de arte moderna e um convite para visitar Madri, na Espanha. Depois da melhor sobremesa com chocolate que comi na vida, o Sr. Guitiérrez, um marchant espanhol, me acompanhou até a porta da minha suíte e se despediu com ligeira curvatura, o que me deixou agradecida e guardei seu cartão para o caso de um dia eu voltar a Madri, onde já estive com Jorge.

Foi a despedida quase que perfeita de Paris. Se eu não estivesse sozinha, faria um passeio guiado noturno de bicicleta pelas ruas da cidade. Não o fiz por que queria ter a companhia de Jorge neste passeio, então, vou deixá-lo para um futuro em que eu possa estar com alguém ao meu lado e dividir as impressões colhidas ao longo do caminho.

Deixo Paris no meio do dia e chego em São Paulo no amanhecer do dia seguinte e desfilo minhas lindas malas vermelhas, com a ajuda de um concierge, um serviço incluso na passagem de primeira classe que comprei, pelo saguão do CDG, o Charles de Gaulle de Paris e Guarulhos, São Paulo.

Pedi a Jorge para conseguir me encaixar num voo fretado até Florianópolis por que ele sempre utiliza este serviço em suas viagens de trabalho e então, não ficarei no lounge do aeroporto e chego no Hercílio Luz por volta das dez horas da manhã e Jorge está me esperando com um ramalhete de rosas brancas.

Aceito o abraço de boas vindas e me deixo ficar por um bom tempo abraçada, matando uma saudade que eu não sabia que tinha.

Ele me olha e diz que estou diferente. Diferente como? Ele responde que é difícil dizer, acha que estou mais elegante, mas não é só isso. Algo mudou em mim e ele percebe. Esta é a diferença entre ele e os outros homens que conheci ao longo da vida. Ele percebe nuances do que sou por que me conhece bem e sabe o que é importante para mim.

É verdade que estou mais elegante no vestido de grife e no sapato de salto alto combinando. Mas também estou mais madura, mais cônscia do que sou. E se ainda tenho que dar mais alguns passos para me despir de um pouco mais das tralhas que andei carregando, farei isso de cabeça erguida por que nada do que tenho vivido foi em vão. Sofri por meus erros reais e imaginários e cada um deles foi revertido em aprendizado e em esperança de dias melhores.

Em casa, convido Jorge para entrar e tomar um café e ele aceita.

Sentamo-nos um ao lado do outro na nossa bancada e em silencio apreciamos cada gota do nosso expresso forte com pouco açúcar.

Depois, ele me abraça e seu beijo aquece meu corpo e eu aceito o que vem em seguida e passamos horas na cama nos amando.

Não é o sexo furioso que fiz com Omar e nem o desalentado sexo solo com Victor. É a minha realidade sendo desvendada a cada centímetro do meu corpo sem qualquer pudor e a descoberta que este gozo me completa e isto é tudo o que preciso para ser feliz.

EPÍLOGO

Eu sou Helena. Uma mulher que passou pelo processo profundo de autoconhecimento e descobertas a respeito de si mesma.

Depois que me livrei de tantas roupagens que usei para caminhar pela vida, sinto que já posso abandonar também as muletas que usei para dar os últimos passos até aqui e se não estou completamente nua diante da vida que ainda tenho, estou suficientemente forte para encará-la.

O que aconteceu depois que voltei ao Brasil e me encontrei com Jorge?

Chamei meu filho da Alemanha e fiz uma reunião com todos, incluindo Jorge e contei tudo a respeito da minha descendência e a herança deixada por meus antepassados e deixei claro o que já tinha feito com o dinheiro recebido.

Setenta por cento do total eu dividi em partes iguais para todos nós, incluindo minha irmã, que irá receber sua parte assim que for homologado seu divórcio. Ela saiu de casa e está vivendo sua vida sem a presença opressiva do pai de seus filhos. Este valor significa que todos nós podemos viver com fartura se administrarmos bem e para o bem, como disse Jacob ao repassar esta herança.

O restante será destinado a trabalhos realizados por algumas ONGs, como os Médicos sem fronteiras, ajudas humanitárias pontuais e para um incipiente trabalho de apoio à mulheres que não sabe que estão doentes e aceitam viver oprimidas em seus casamentos de mentira, como foi o caso de minha irmã que quer fazer este trabalho e aceitou o desafio de começar de novo.

Eu fiquei com minhas joias, outra fortuna e abri mão de algumas trocando-as com Mario pela casa ao lado da Lagoa onde Jacob morou. As joias que sobraram, ficarão no cofre do banco e atenderá desde emergências sérias até a frivolidade de um capricho como uma nova hospedagem no Ritz em Paris, desde vez acompanhada de meu marido.

A casa que comprei de Mario é uma bela propriedade, com uma grande área verde e espaço para plantarmos nossos temperos e saladas e, também, um lindo jardim. Contratei uma empresa para fazer algumas reformas e deixá-la com a nossa cara e assim que Jorge e eu nos casarmos novamente, vamos nos mudar e viver nossa vida ali e teremos a companhia de nossos filhos sempre que eles quiserem e veremos nossos netos mergulhando na piscina e andando de bicicleta por toda a volta da propriedade ou ralando os joelhos num jogo com bola.

O precioso tapete persa que está no banco também, irá para a casa nova. Ficará na parede de uma pequena biblioteca onde também terá a foto de Jacob que mandei reproduzir e emoldurar.

Desisti de abrir uma confeitaria, mas dou aulas de fabricação de pães e doces para comunidades carentes e faço a doação da matéria prima para as primeiras fornadas, assim encontrei uma maneira de ajudar e ocupar parte de meu tempo.

Minha irmã, depois do divórcio, comprou um apartamento perto da praia e dedica seus dias a administrar as verbas das Ongs e de seu trabalho pessoal.

Thiago logo será pai e decidiu ter o filho na Alemanha e permitir que seu filho tenha dupla cidadania e depois voltará para o Brasil.

Paulo pediu a mão de Maísa em casamento e ela aceitou, então, logo vou poder usar uma daquelas roupas lindas que comprei em Paris e que ainda estão guardadas!

Jorge alugou o seu apartamento e está morando na nossa velha casa e ainda tem os seus hábitos, como conversar com o apresentador do jornal das oito, mas, fora estes pequenos defeitos, ele continua impecável e, apesar de nos conhecermos tanto, descobrimos caminhos novos a cada dia, quando nos despimos e nos entregamos sem qualquer cautela para o amor.

Finalmente meu sonho verdadeiro submergiu e sei que quero voltar a Paris com Jorge e juntos fazermos um passeio de bicicleta saindo de Paris, num roteiro que segue a rota de antigos reis e chegar a ***Versailles*** de trem. Para isso, já estamos nos preparando, fazendo passeios diários de bicicletas e já conseguimos ultrapassar vinte quilômetros sem cairmos de cansados. Então, Paris me espera e desta vez, Jorge estará comigo.

Eu sou Helena, uma mulher que está aprendendo a ser mulher.

FIM

07/10/2020